어린 왕자
Le Petit Prince

어린 왕자

초판 1쇄 발행 2013년 2월 15일
초판 6쇄 발행 2016년 4월 10일

지은이 앙투안 드 생텍쥐페리
옮긴이 구계원
펴낸이 한승수
펴낸곳 온스토리

편 집 조예원
마케팅 안치환
디자인 김선영

등록번호 제2013-000037호
등록일자 2013년 2월 5일

주 소 서울특별시 마포구 연남동 565-15 지남빌딩 309호
전 화 02 338 0084
팩 스 02 338 0087
E-mail hvline@naver.com

ISBN 978-89-98934-15-6 04800
978-89-98934-11-8 04800(세트)

온스토리 세계문학 004

어린 왕자
Le Petit Prince

앙투안 드 생텍쥐페리 지음 · 구계원 옮김

1940년 비행기를 조종하고 있는 생텍쥐페리

차례

나는 어린 왕자가 철새의 이동을 이용하여
자신이 살던 별을 떠났으리라 생각한다.

레옹 베르트Léon Werth에게

이 책을 한 어른에게 헌정하는 것에 대해 아이들에게 용서를 빈다. 그럴 만한 중요한 이유가 있다. 이 어른은 세상에서 나와 가장 친한 친구다. 그리고 또 하나의 이유는 이 어른이 모든 것을 이해할 수 있다는 것이다. 심지어 아이들을 위한 책까지도 말이다. 게다가 세 번째 이유도 있다. 이 어른은 프랑스에서 춥고 배고프게 살고 있다. 그래서 위안이 필요하다. 이 모든 이유가 충분하지 않다면, 나는 이 책을 그의 어린 시절에 바친다. 모든 어른들도 처음에는 다 어린이였다.(하지만 그것을 기억하는 사람은 거의 없다.) 그래서 나는 헌정사를 이렇게 고쳐 쓴다.

한때 어린 소년이었던
레옹 베르트에게

1

내가 여섯 살 때, 한번은 원시림을 다룬《실제로 겪은 이야기》라는 책에서 굉장한 그림을 본 적이 있다. 맹수를 삼키고 있는 보아구렁이 그림이었다. 아래의 그림은 그 그림을 그대로 옮겨놓은 것이다.

그 책에는 이렇게 적혀 있었다.

"보아 구렁이는 먹이를 씹지도 않고 통째로 삼킨다. 그러고 나면 더 이상 몸을 움직일 수가 없어서 먹이가 다 소화될 때까지 여섯 달 동안 내리 잠을 잔다."

그때 나는 정글에서 벌어지는 모험들에 대해 많은 생각을 해보았다. 그리고 나도 색연필을 가지고 처음으로 그림을 그려보았다. 아래에 있는 것이 바로 내 그림 제1호다.

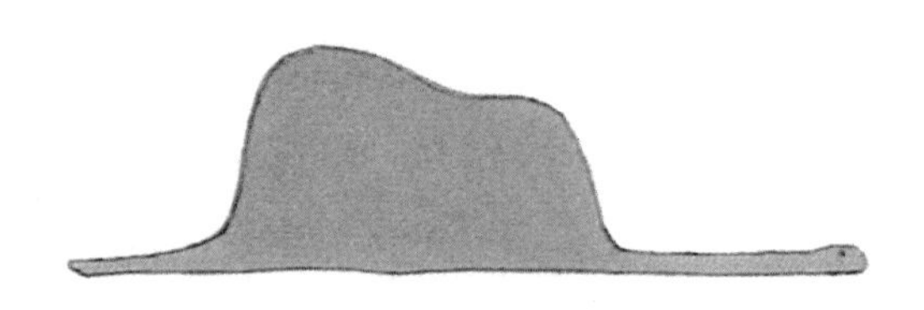

나는 내 걸작을 어른들에게 보여주면서 내 그림이 무섭지 않느냐고 물었다.

어른들은 내게 대답했다.

"모자가 뭐가 무서워?"

내 그림은 모자를 그린 것이 아니었다. 코끼리를 소화시키고 있는 보아 구렁이를 그린 그림이었다. 그래서 나는 어른들이 쉽게 알아볼 수 있도록 보아 구렁이의 뱃속을 그렸다. 어른들에게는 항상 설명을 해주어야만 한다. 내 그림 제2호는 다음과 같다.

어른들은 속이 보이든 안 보이든 보아 구렁이의 그림 따윈 그만 그리고 지리학이나 역사, 산수, 문법에나 관심을 가지라고 충고했다. 결국 나는 여섯 살 때 화가라는 멋진 직업을 포기했다. 내 그림 제1호와 제2호가 실패한 것에 기가 꺾이고 만 것이다. 어른들은 늘 스스로는 아무것도 이해하지 못한다. 그러니 항상 하나하나 설명을 해주는 일이 어린아이에겐 피곤할 수밖에 없다.

그래서 다른 직업을 선택할 수밖에 없었던 나는 비행기를 조종하는 법을 배웠다. 나는 안 가본 곳 없이 세계 곳곳을 날아다녔다. 실제로 지리학은 나에게 많은 도움을 주었다. 한눈에 중국과 애리조나Arizona를 구별할 수 있었다. 특히 그것은 밤에 길을 잃었을 경우 아주 큰 도움이 된다.

그리고 나는 살면서 대단한 사람들을 수도 없이 만났다. 나는 어른들 사이에서 오래 지냈고, 그들을 아주 가까이에서 볼 수 있었다. 그렇다고 어른들에 대한 내 생각이 썩 나아진 것은 아니었다.

어딘가 영리해 보이는 어른을 만나게 되면 나는 항상 지니고 다니던 내 그림 제1호를 보여주며 슬쩍 떠보곤 했다. 그 사람이 뭔가를 제대로 이해하고 있는지 알아보고 싶었다. 하지만 그 사람은 하나같이 "이거 모자잖아"라고 대답했다. 그럴 때는 보아 구렁이라든가 원시림, 별에 대한 이야기는 아예 꺼내지도 않았다. 그냥 그 사람의 수준에 맞게 브리지 게임이나 골프, 정치와 넥타이 이야기를 늘어놓았다. 그러면 그 어른은 분별 있는 사람을 알게 되었다며 아주 좋아했다.

2

이렇게 나는 속마음을 털어놓을 사람 하나 없이 홀로 지냈다. 육년 전, 내 비행기가 사하라Sahara 사막에서 고장 나기까지는 적어도 그랬다. 비행기 엔진의 무언가가 부서졌는데, 기술자도 승객도 없었기 때문에 나 혼자서 어려운 수리 작업을 할 수밖에 없었다. 나에게는 사느냐 죽느냐가 걸린 문제였다. 남아 있는 거라고는 겨우 팔 일 동안 마실 수 있는 물이 전부였다.

첫날 저녁, 나는 사람이 사는 데서 수천 마일이나 떨어진 사막에서 잠들었다. 배가 난파되어 뗏목 하나에 의지하여 드넓은 바다 한가운데를 표류하는 사람보다 더 고립된 처지였다. 그러니 동이 틀 무렵 이상하고 작은 목소리가 나를 깨웠을 때 내가 얼마나 놀랐는지 상상하실 수 있을 것이다. 그 목소리는 이렇게 말했다.

"저…… 양 한 마리 그려줘!"

"뭐라고?"

"양 한 마리 그려줘……."

나는 마치 벼락을 맞은 사람처럼 벌떡 일어났다. 눈을 세게 비비고 주위를 잘 둘러보았다. 그랬더니 아주 신기하게 생긴 작은 소년이 진지한 표정으로 나를 바라보고 있었다. 이 그림은 나중에 내가 그린 그림 중에 가장 잘된 초상화다. 하지만 내 그림은 물론 실제 모델의 매력을 반도 보여주지 못하고 있다. 그건 결코 내 잘못이 아니다. 어른들 때문에 여섯 살 때 화가가 되겠다는 꿈을 접은 뒤로 나는 보아 구렁이의 속이 보이지 않거나 보이는 그림을 그린 것 말고는 그림 그리는 것을 전혀 배우지 않았기 때문이다.

나는 눈이 휘둥그레져서 불쑥 나타난 이 소년을 뚫어지게 바라보았다. 내가 그때 사람이 사는 땅에서 수천 마일이나 떨어진 곳에 있었다는 사실을 잊지 마시길. 하지만 이 작은 소년은 길을 잃은 것 같지도 않았고, 지치거나 배고프고 목이 마르고 무서워서 죽어가고 있는 것처럼 보이지도 않았다. 아무리 봐도 소년은 사람이 사는 땅에서 수천 마일 떨어진 사막 한가운데에서 길을 잃은 어린아이 같지는 않았다. 한참 만에 겨우 입을 열 수 있게 되었을 때, 나는 소년에게 말했다.

"그런데…… 넌 여기서 뭘 하고 있니?"

이 그림은 나중에 내가 그린 그림 중에 가장 잘된 초상화다.

그러자 소년은 아주 느릿느릿 몹시 심각한 일이라도 되는 듯이 같은 말을 되풀이했다.

"제발…… 양 한 마리 그려줘……."

누구나 기가 막힐 정도로 신기한 일을 당하면 감히 거스를 엄두를 내지 못하는 법이다. 사람이 살고 있는 데서 수천 마일 떨어진 곳, 더구나 언제 죽을지 모르는 상황에서 참으로 어이가 없었지만 나는 주머니에서 종이와 펜을 꺼냈다. 그런데 내가 지금까지 주로 공부한 것이 지리학과 역사, 산수, 문법밖에 없다는 사실이 떠올랐다. 그래서 나는 그 작은 소년에게 (다소 뿌루퉁하게) 그림을 그릴 줄 모른다고 말했다. 소년이 대답했다.

"괜찮아. 양 한 마리 그려줘."

양을 그려본 적이 없었던 나는 내가 그릴 줄 아는 두 가지 그림 중 하나를 그렸다. 속이 보이지 않는 보아 구렁이 그림이었다. 그런데 소년의 대답을 들은 나는 깜짝 놀랐다.

"아니야! 아니야! 보아 구렁이 속 코끼리 그림은 싫어. 보아 구렁이는 아주 위험한 데다 코끼리는 방해만 될 거야. 내가 사는 곳은 아주 작거든. 나는 양이 필요해. 양 한 마리를 그려줘."

그래서 나는 양을 그렸다.

소년은 양 그림을 자세히 바라보더니 이렇게 말했다.

"아니야! 이 양은 이미 너무 병들었잖아. 다른 양을 그려줘."

나는 다시 양 그림을 그렸다.

내 친구는 친절하고 너그러운 웃음을 지었다.

"봐…… 이건 양이 아니라 숫양이잖아. 뿔이 달렸어……."

그래서 나는 세 번째 그림을 그렸다.

그러나 앞의 두 그림처럼 퇴짜를 맞았다.

"이 양은 너무 늙었어. 나는 오래오래 살 수 있는 양을 갖고 싶어."

나는 엔진을 분해하려면 서둘러야 했으므로 조바심이 나서 대충 휘갈기듯 다음과 같은 그림을 그렸다.

그리고 이렇게 툭 내뱉었다.

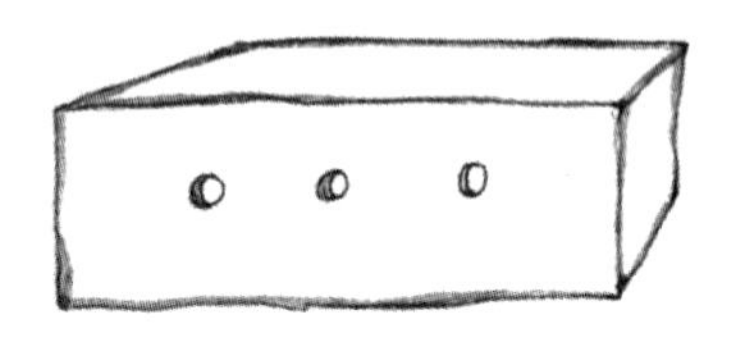

"이건 상자야. 네가 갖고 싶어 하는 양은 이 안에 들어 있어."

그런데 내 어린 심판관의 얼굴이 환해지는 것을 보고 나는 깜짝 놀랐다.

"내가 바라던 게 바로 이런 거야! 이 양한테 풀을 많이 줘야 할까?"

"왜?"

"왜냐하면 내가 사는 곳은 아주 작거든……."

"그걸로 분명 충분할 거야. 내가 그려준 양은 아주 작아."

소년은 머리를 숙여 그림을 들여다보았다.

"그렇게 작지도 않은걸…… 저걸 봐! 잠이 들었네……."

그렇게 해서 나는 어린 왕자를 알게 되었다.

3

어린 왕자가 어디서 왔는지 알기까지는 오랜 시간이 걸렸다. 어린 왕자는 나에게 무척 많은 질문을 했지만, 내 질문에는 전혀 귀를 기울이는 것 같지 않았다. 그가 무심코 한 말을 듣고 조금씩 그에 대해 모든 것을 알게 되었다. 예를 들어 그는 처음으로 내 비행기를 보았을 때 (내 비행기는 그리지 않겠다. 내가 그리기에는 너무 복잡하기 때문이다) 내게 이렇게 물었다.

"저기 있는 물건은 뭐야?"

"그건 물건이 아니야. 날아다니는 거야. 비행기라고 부른단다. 내 비행기지."

나는 내가 날아다닌다는 이야기를 그에게 해주는 것이 자랑스러웠다. 그러자 그는 큰 소리로 말했다.

"뭐라고! 아저씨는 하늘에서 떨어진 거야?"

"맞아."

나는 겸손하게 대답했다.

"이런! 정말 재미있는데!……."

어린 왕자가 까르르 웃음을 터뜨리자 나는 몹시 화가 났다. 내 불행을 진지하게 생각해주었으면 했던 것이다. 그러고 나서 그는 이렇게 덧붙였다.

"그럼 아저씨도 하늘에서 왔구나! 어느 별에서 왔어?"

나는 그의 존재를 둘러싼 수수께끼를 푸는 희미한 빛을 즉각 알아채고는 다급하게 물었다.

"그럼 너는 다른 별에서 왔니?"

하지만 그는 대답을 하지 않았다. 계속 내 비행기를 바라보면서 고개를 조용히 끄덕일 뿐이었다.

"음, 저걸 타고 온 걸 보니 그렇게 멀리서 온 건 아닌데……."

그리고 그는 오랫동안 깊은 생각에 잠겨 있었다. 그러고는 주머니에서 내가 그려준 양을 꺼내어 마치 보물이라도 되는 듯 골똘히 들여다보았다.

내가 "다른 별"이라는 암시에 얼마나 호기심이 생겼는지 여러분은 상상하실 수 있으리라. 나는 이에 대해 좀 더 자세히 알아보려고 했다.

"얘야, 넌 어디서 왔니? '네가 사는 곳'은 도대체 어디니? 내 양을 어디로 데려가려는 거지?"

그는 잠자코 생각하더니 이렇게 대답했다.

"아저씨가 그려준 상자가 좋은 것은, 밤에 양에게 집이 되어줄 거라는 거야."

"물론이지. 네가 착하게 있으면 낮에 양을 매어놓을 수 있도록 밧줄도 그려줄게. 그리고 말뚝도."

내 말이 어린 왕자의 귀에 거슬린 듯했다.

"양을 매어놓는다고? 참 이상한 생각이네!"

"하지만 양을 매어놓지 않으면 양은 이리저리 돌아다니다가 길을 잃어버리고 말 거야."

내 친구는 다시금 웃음을 터뜨렸다.

"양이 가긴 어디를 간다고?"

"어디든. 곧장 앞으로 가서……."

그러자 어린 왕자는 꽤나 심각하게 말했다.

"괜찮아, 내가 사는 곳은 아주 작아!"

그러고는 약간 슬픈 기색으로 이렇게 덧붙였다.

"곧장 앞으로 가보았자 별로 멀리 가지 못해……."

4

그렇게 해서 나는 또다시 아주 중요한 사실을 알게 되었다. 어린 왕자가 사는 별이 겨우 집 한 채 정도의 크기밖에 안 된다는 것을!

나는 그 사실을 알고도 그다지 놀라지 않았다. 지구, 목성, 화성, 금성처럼 이름이 붙은 커다란 별들 말고도 너무 작아서 망원경으로도 잘 보이지 않는 다른 별들이 수백 개나 있다는 사실을 잘 알고 있었기 때문이었다. 천문학자가 그런 별 중에 하나를 발견하면, 이름 대신에 숫자를 붙인다. 예를 들어 '소행성 325'라는 식으로 부른다.

나는 어린 왕자가 온 별이 소행성 B612라고 생각한다. 물론 믿을 만한 근거도 갖고 있다. 그 소행성은 1909년에 터키 천문학자가 망원경으로 딱 한 번 본 것이었다.

그 천문학자는 당시 국제천문학회의에서 자신이 발견한 별에 대해 굉장한 증명을 해 보였다. 그러나 그가 입은 옷 때문에 아무도 그 천문학자의 말을 믿지 않았다. 어른들은 늘 그런 식이다.

다행히 소행성 B612의 명예를 되살릴 수 있는 일이 생겼다. 터키의 독재자가 국민들에게 유럽식 옷을 입지 않으면 사형에 처하겠다고 강요한 것이다. 천문학자는 1920년에 아주 세련된 양복을 입고 나와 다시 소행성 B612에 대해 증명했다. 이번에는 모두들 그 천문학자의 말을 믿었다.

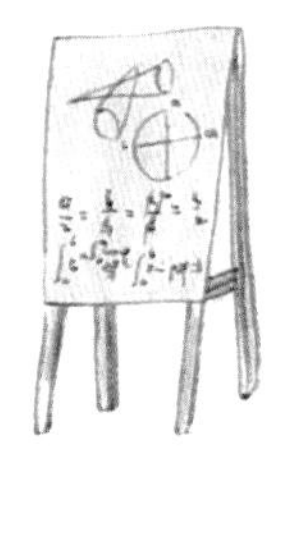

내가 소행성 B612에 대해 이렇게 세세한 이야기를 늘어놓고 그 숫자까지 알려주는 것은 사실 어른들 때문이다. 어른들은 숫자를 좋아한다. 여러분이 새로 사귄 친구 이야기를 할 때 어른들은 정작 진짜 중요한 것에 대해서는 물어보지 않는다. 이런 질문은 절대 하지 않는다. "그 친구의 목소리는 어때? 그 친구가 제일 좋아하는 놀이는 무엇이니? 그 친구는 나비 수집을 하니?" 그 대신 이런 질문을 한다. "그 친구는 몇 살이니? 형제는 몇 명인데? 몸무게는 얼마야? 그 친구의 아빠는 돈을 얼마나 버니?" 그런 것들을 알아야만 어른들은 그 친구가 어떤 사람인지 안다고 생각한다. 어른들에게 "창가에 제라늄 화분이 놓여 있고 지붕엔 비둘기가 있는 예쁜 붉은 벽돌집을 보았어요……"라고 말하면, 어른들은 그 집이 어떤 집인지 상상하지 못할 것이다. 어른들에게는 이렇게 말해야 한다. "십만 프랑짜리 집을 보았어요." 그러면 어른들은 "얼마나 멋진 집일까!" 하고 감탄한다.

소행성 B612에 있는 어린 왕자

그래서 어른들에게 "어린 왕자가 존재했다는 증거는 그가 멋졌고, 웃었고, 양을 갖고 싶어 했다는 거예요. 양을 갖고 싶어 한다는 건 그 사람이 존재한다는 증거니까요"라고 말하면, 그들은 어깨를 으쓱하고는 여러분을 어린애 취급할 것이다! 하지만 어른들에게 "그는 소행성 B612라는 별에서 왔어요"라고 말하면 그들은 그 말을 믿을 것이고, 더 이상 캐물어 귀찮게 하지도 않을 것이다. 어른들은 그런 식이다. 그들을 미워해서는 안 된다. 아이들은 어른들을 아주 너그럽게 이해해주어야 한다.

하지만, 물론 인생을 이해하는 우리들은 숫자 따위에는 전혀 신경을 쓰지 않는다! 나는 이 이야기를 동화를 이야기하는 것처럼 시작하고 싶었다. 나는 이렇게 말하고 싶었다.

"옛날 옛날에 자기보다 조금 더 큰 별에서 사는 어린 왕자가 있었습니다. 그리고 어린 왕자는 친구가 필요했어요……." 인생을 이해하는 사람들에게는 이쪽이 훨씬 더 진실처럼 들렸을 것이다.

왜냐하면 나는 내 책이 가볍게 취급되는 것을 바라지 않기 때문이다. 이러한 추억들을 이야기하면서 나는 아주 큰 슬픔을 느낀다. 내 친구가 양을 데리고 떠나버린 지도 벌써 육 년이 된다. 내가 이 책에서 내 친구를 그려보려고 애쓰는 것은, 그를 잊어버리지 않기 위해서다. 친구를 잊어버리는 것은 슬픈 일이다. 누구에게나 친구가 생기는 것은 아니니까. 그리고 나도 그저 숫자에만 관심이 있는 어른처럼 되어버릴지도 모른다. 이것이 바로 내가 물감 한 상자와

연필 몇 자루를 산 또 한 가지 이유다. 여섯 살 때 보아 구렁이의 속이 보이지 않는 그림과 보이는 그림을 그려본 후로는 그림 한 장 그려본 적이 없던 내가 지금 이 나이에 다시 그림을 그린다는 것은 어려운 일이다! 나는 물론 가능한 한 실물에 가까운 초상화를 그리도록 노력할 것이다. 하지만 꼭 그렇게 될는지는 자신이 없다. 어떤 그림은 괜찮은 것도 같고, 또 어떤 그림은 전혀 닮은 구석이 없다. 나는 또 어린 왕자의 키도 조금씩 틀리게 그린다. 키가 너무 크게 그려진 것도 있고 너무 작게 그려진 것도 있다. 게다가 그가 무슨 색깔의 옷을 입었는지도 망설여진다. 그래서 나는 이럭저럭 이것저것 모색해본다. 결국 진짜 중요한 것들에 대해서는 제대로 그리지 못할지도 모른다. 하지만 여러분은 나를 용서해주었으면 한다. 내 친구는 아무것도 설명해준 적이 없기 때문이다. 아마도 그는 내가 자신과 비슷하다고 생각했을지 모른다. 그런데 불행하게도 나는 상자 안에 들어 있는 양을 볼 줄 모른다. 나도 조금은 어른들처럼 되었는지 모른다. 나이를 먹은 게 틀림없다.

5

매일 나는 어린 왕자가 살던 별에 대해, 그가 어떻게 그 별을 떠났는지, 그가 어떤 여행을 했는지에 대해 알게 되었다. 그가 깊이 생각하면서 무심코 하는 말을 통해 서서히 알게 된 것이었다. 그렇게 해서 만난 지 사흘째 되던 날, 나는 바오밥나무의 드라마를 알게 되었다.

이번에도 역시 양 덕분이었다. 어린 왕자가 갑자기 몹시 중대한 의문에 사로잡힌 듯이 내게 질문을 던졌기 때문이다.

"양이 작은 나무를 먹는다는 게 사실이야?"

"그래, 사실이야."

"아! 잘됐다!"

나는 양이 작은 나무를 먹는다는 게 왜 그토록 중요한지 이해할 수가 없었다. 그런데 어린 왕자는 이렇게 덧붙였다.

"그러니까 양은 바오밥나무도 먹는 거지?"

나는 어린 왕자에게 바오밥나무는 작은 나무가 아니라 교회만큼이나 크고, 그가 코끼리 떼를 자기 별에 데려간다고 해도 바오밥나무 한 그루를 다 먹어치우지 못할 것이라고 일러주었다.

코끼리 떼라는 말에 어린 왕자가 웃음을 터뜨렸다.

"아마 코끼리를 차곡차곡 포개놓아야 할 거야……."

하지만 그는 현명하게도 이렇게 지적했다.

"바오밥나무도 자라기 전에는 작은 나무였겠지?"

"그렇고말고! 그런데 왜 양이 작은 바오밥나무를 먹었으면 하는 건데?"

그는 마치 설명할 필요도 없다는 듯이 "이런, 당연하지! 아저씨도 알잖아!"라고 대답했다. 그래서 나는 스스로 이 문제를 풀기 위해 엄청나게 머리를 굴릴 수밖에 없었다.

사실 다른 모든 별과 마찬가지로 어린 왕자의 별에는 좋은 풀과 나쁜 풀이 있었다. 좋은 풀은 좋은 씨앗에서 나오고, 나쁜 풀은 나쁜 씨앗에서 나온다. 하지만 씨앗은 눈에 보이지 않는다. 씨앗들은 땅속 비밀스러운 곳에 잠들어 있다가 어느 순간 그중의 하나가 잠을 깨기로 마음을 먹는다. 그러고는 기지개를 켜고 처음에는 태양을 향해 사랑스럽고 조그맣고 해를 끼치지 않는 싹을 살그머니 내민다. 만약 그 싹이 무나 장미나무의 싹이라면 마음껏 싹을 틔우도록 내버려둘 수 있다. 하지만 만약 그 싹이 나쁜 식물의 싹이라면 보는 즉시 뽑아내야 한다.

그런데 어린 왕자의 별에는 끔찍한 씨앗이 있었는데…… 바로 바오밥나무의 씨앗이었다. 그 별의 땅속에는 바오밥나무 씨앗이 가득했다. 그런데 바오밥나무를 너무 늦게 발견하면 다시는 바오밥나무를 없애버리지 못하게 된다. 바오밥나무가 무성하게 자라 별을 온통 덮어버리면서 뿌리가 별을 뚫고 뻗는다. 별이 아주 작은데 바오밥나무가 너무 많아지면 별이 산산조각이 나게 되는 것이다.

"이것은 훈련의 문제야."

나중에 어린 왕자는 내게 말했다.

"아침에 세수를 하고 난 다음에는 식물들을 정성스럽게 단장시켜야 해. 바오밥나무는 아주 어릴 때는 장미나무와 몹시 비슷하지만 장미나무와 바오밥나무를 구별할 수 있게 되면 규칙적으로 애써서 바오밥나무를 뽑아버려야 해. 아주 지루한 일이긴 하지만 사실은 정말 쉬운 일이야."

그리고 어느 날 그는 내가 사는 곳의 어린이들 머릿속에 그 내용을 잘 새겨둘 수 있도록 최선을 다해 아름다운 그림을 그려보라고 충고했다.

"언젠가 그 아이들이 여행을 하게 되면."

그는 나에게 말했다.

"아저씨의 그림이 도움이 될 수 있을 거야. 가끔씩은 일을 미룬다고 문제가 되는 건 아니잖아. 하지만 바오밥나무 같은 경우에는 정말 큰일이 나. 나는 게으른 사람이 살고 있는 별을 알고 있어. 그 사람은 작은 나무 세 그루를 그냥 내버려두었지……."

그래서 나는 어린 왕자가 하라는 대로 그 별을 그렸다. 사실 난 도덕주의자 같은 말투를 사용하는 것을 좋아하지 않는다. 하지만 바오밥나무가 얼마나 위험한지 다들 잘 모르고 있고, 소행성에서 길을 잃다가 빠져버릴 위험은 몹시 중대하기 때문에 이번만큼은 평소의 조심성 따윈 제쳐두기로 한다. 나는 이렇게 말한다.

바오밥나무

"어린이들이여, 바오밥나무를 조심하라!"

이 그림을 그토록 열심히 그린 것은 나와 마찬가지로 오래전부터 바오밥나무가 위험하다는 걸 전혀 모르고 있었던 친구들에게 경고하기 위해서다. 내가 전하려는 교훈은 그만한 고생을 할 가치가 있다. 여러분은 이런 의문을 품을지도 모르겠다.

'이 책에는 왜 바오밥나무 그림만큼 근사한 다른 그림은 없지?'

그 대답은 몹시 간단하다. 노력을 해봤지만 잘되지 않았던 것이다. 바오밥나무를 그릴 때, 나는 위급하다는 생각 때문에 매우 고무되어 있었다.

6

아! 어린 왕자여! 이렇게 하여 나는 너의 단조롭고도 쓸쓸한 삶을 차츰차츰 알아가게 되었다. 해 질 무렵의 감미로움을 지켜보는 게 오랫동안 너의 유일한 낙이었지. 우리가 만난 지 나흘째 되는 날 아침, 네 말을 듣고서야 난 이 새로운 사실을 알게 되었어.

"나는 해가 지는 모습을 정말 좋아해. 지금 그걸 보러 가자……."

"하지만 기다려야 하잖아……."

"뭘 기다려?"

"해가 지기를 기다려야지."

너는 처음에 몹시 놀란 얼굴을 하더니 이내 스스로 한 말에 웃음을 터뜨렸지. 그러고는 이렇게 말했어.

"아직도 내 집에 있는 줄 알았어!"

그래 맞아. 모두들 알고 있듯이, 미국에서 정오가 되면 프랑스에서는 해가 지지. 일 분 만에 프랑스로 날아갈 수 있다면 해가 지는 모습을 볼 수 있는 거야. 불행하게도 프랑스는 너무 멀어. 하지만 너의 작은 별에서는 그냥 의자를 몇 발짝 움직이면 되었지. 그리고 네가 원할 때는 언제든지 황혼을 보곤 했어…….

"어떤 날은 해 지는 것을 마흔네 번이나 봤어!"

그리고 잠시 후에 너는 이렇게 덧붙였지.

"있잖아…… 아주 슬플 때에는 해가 지는 모습이 좋거든……."

"그렇게 마흔네 번이나 본 날, 너는 많이 슬펐구나?"

하지만 어린 왕자는 대답하지 않았다.

7

닷새째 되는 날, 이번에도 양 덕분에 어린 왕자의 삶의 비밀이 또 하나 밝혀졌다. 그는 느닷없이 나에게 물었다. 마치 오랫동안 깊이 생각한 끝에 나온 문제라는 듯이 말이다.

"만약 양이 작은 나무를 먹는다면, 꽃도 먹을까?"

"양은 뭐든 닥치는 대로 먹지."

"가시가 있는 꽃도?"

"그럼. 가시가 있는 꽃도."

"그렇다면 가시는 도대체 무엇에 쓰이는 거야?"

나는 그걸 알지 못했다. 그때 나는 엔진에 나사가 꽉 조여져 있어 그걸 푸느라 아주 정신이 없었다. 내 비행기의 고장이 매우 심각해 보이기 시작하자 나는 몹시 걱정하고 있었고, 무엇보다 마실 물이 부족하다는 점이 가장 두려웠다.

"가시는 무엇에 쓰이는 거냐고?"

어린 왕자는 일단 한번 질문을 하면 그냥 넘겨버리는 법이 없었다. 나는 나사 때문에 짜증이 나 있었기 때문에 아무렇게나 대답했다.

"가시는 아무런 쓸모가 없어. 그냥 꽃들이 못되게 구는 거지!"

"아!"

그는 잠자코 있더니 원망스런 표정으로 나에게 소리쳤다.

"아저씨 말은 못 믿겠어! 꽃들은 약해. 그리고 순진해. 꽃들은 어떻게 해서든 스스로를 안심시키고 싶은 거야. 가시가 돋아 있으면 무섭게 보인다고 생각해……."

나는 아무런 대답도 하지 않았다. 그 순간 나는 '이 나사가 계속 이렇게 말을 듣지 않으면 망치로 두들겨서 빼내야겠어'라는 생각을 하고 있었다. 그런데 어린 왕자가 다시 내 생각을 방해했다.

"그렇다면 아저씨 생각에는 꽃들이……."

"아니야! 전혀 아니야! 나는 아무 생각도 안 해! 그냥 생각나는 대로 대답한 거야. 난 지금 중요한 일로 바쁘다고!"

그는 깜짝 놀란 얼굴로 나를 바라보았다.

"중요한 일!"

그는 내가 손에 든 망치와 기름때가 시커멓게 묻은 손가락, 그에게는 아주 흉측하다고 여겨지는 물체 위로 허리를 구부리고 있는 모습을 보았다.

"아저씨는 다른 어른들과 똑같이 말하는구나!"

그 말을 듣고 나는 조금 부끄러웠다. 하지만 그는 인정사정없이 이렇게 덧붙였다.

"아저씨는 모든 걸 혼동해…… 모든 걸 다 뒤죽박죽으로 만든다고!"

그는 정말로 단단히 화가 나 있었다. 온통 금빛의 머리카락이 바람에 날리고 있었다.

"나는 얼굴이 빨간 신사가 사는 별을 알고 있어. 그 신사는 꽃의 향기를 맡아본 적도 없고 별을 바라본 적도 없어. 누구를 사랑해본 적도 없지. 하는 일이라곤 그저 숫자를 더하는 것밖에 없었어. 그러고는 하루 종일 아저씨처럼 '나는 진지한 사람이야! 나는 진지한 사람이야!'라고 되풀이했어. 그것이 자만심을 더욱 부풀리듯이 말이야. 하지만 그건 사람이 아니야. 버섯이지!"

"뭐라고?"

"버섯이라니까!"

어린 왕자는 이제 분노로 얼굴이 완전히 창백해져 있었다.

"꽃들은 수백만 년 동안 가시를 만들어왔어. 양들도 수백만 년 동안 변함없이 꽃을 먹어왔지. 그런데도 꽃들이 왜 아무짝에도 쓸모없는 가시를 만들기 위해 그런 고생을 하는지 이해하려고 하는 것이 심각하지 않다는 거야? 양들과 꽃들 사이의 전쟁이 중요하지 않다는 거야? 그 뚱뚱한 붉은 얼굴의 신사가 하고 있는 덧셈보다 더 심각하고 중요하지 않다는 거야? 내가 내 별 외에는 세상 어디에도 존재하지 않는 유일한 꽃을 알고 있다고 생각해봐. 어느 날 아침 작은 양이 자신이 무슨 짓을 하는지조차 모르고 한입에 그 꽃을 먹어치울 수도 있는데 그게 중요하지 않다는 거야?"

어린 왕자는 얼굴이 시뻘개져서 계속 말을 이었다.

"누군가 수백만 개의 별 중에 어느 별 하나에만 있는 꽃을 사랑한다면, 그 사람은 그 별들을 바라보는 것만으로도 행복해질 수 있어. 그 사람은 이렇게 생각하지. '내 꽃이 저 위 어딘가에 있어…….' 하지만 양이 꽃을 먹어버린다면, 그 사람에겐 마치 갑자기 모든 별들이 꺼져버리는 거나 마찬가지야! 그런데도 그게 중요하지 않다고?"

그는 더 이상 말을 잇지 못했다. 그는 갑자기 왈칵 울음을 터뜨렸다. 밤이 찾아왔다. 나는 연장을 내려놓았다. 망치, 나사, 갈증, 죽음 따위가 아주 하찮게 여겨졌다. 하나의 별, 하나의 행성, 내 별, 지구 위에 위로해주어야 할 어린 왕자가 있으니 말이다! 나는 어린 왕자를 팔로 안고 부드럽게 흔들었다. 그러고는 이렇게 말했다.

"네가 사랑하는 꽃은 위험하지 않아…… 네 양에게 씌울 굴레를 그려줄게…… 네 꽃을 위한 울

타리도 그려줄게…… 내가…….”

나는 더 이상 뭐라고 말해야 좋을지 알 수가 없었다. 나 자신이 정말이지 서투른 사람 같았다! 나는 어떻게 그에게 다가갈지, 어디에서 그와 한마음이 될지 알 수가 없었다……. 눈물의 나라는 그토록 신비로운 것이다!

8

나는 곧 그 꽃에 대해서도 더 잘 알게 되었다. 어린 왕자의 별에는 꽃잎이 한 겹인 아주 소박한 꽃들만 있었다. 그 꽃들은 자리를 별로 차지하지도 않았고 아무에게도 방해가 되지 않았다. 아침에 풀 속에서 피어났다가 저녁이 되면 지곤 했다. 하지만 어린 왕자의 꽃은 어느 날 어딘지 모를 곳에서 날아온 씨앗에서 싹을 틔웠다. 어린 왕자는 다른 싹들과는 전혀 다른 그 싹을 아주 세심히 관찰했다. 어쩌면 새로운 종류의 바오밥나무일지도 모르니까. 그러나 싹은 얼마쯤 자라더니 이내 꽃을 피울 조짐을 보이기 시작했다. 커다란 봉오리가 맺힌 것을 지켜보던 어린 왕자는 왠지 기적적인 것이 나타나리라고 느꼈다. 하지만 꽃은 녹색의 방 안에 숨어서 아름답게 치장하는 일만 계속하고 있었다. 색상을 아주 세심하게 고르고, 천천히 옷을 입으며, 꽃잎을 한 장 한 장 가다듬고 있었다. 그 꽃은 개양귀비처럼 마구 헝클어진 모습으로 얼굴을 내밀고 싶지 않았다. 자신의 아름다움을 마음껏 빛낼 수 있을 때만 바깥으로 나오기를 바랐다. 아, 얼마나 교태를 부리는 꽃이었던가! 그리고 그 꽃의 신비로운 단장은 그렇게 몇 날 며칠이나 계속되었다.

그러다 어느 날 아침, 해가 떠오를 무렵 꽃은 비로소 모습을 드러냈다.

그토록 애써 단장을 하고서도 꽃은 하품을 하면서 이렇게 말했다.

"아! 저는 지금 막 잠에서 깼답니다…… 용서해주세요…… 아직도 머리카락이 온통 헝클어져서……."

그러나 어린 왕자는 감탄을 감출 수가 없었다.

"너무나 아름다우시군요!"

"그런가요?"

꽃은 상냥하게 대답했다.

"저는 해가 떠오를 때 태어났거든요……."

어린 왕자는 그 꽃이 그다지 겸손하지 않다는 사실을 알아차렸지만, 어쨌든 꽃은 눈부시게 아름다웠다!

"아침 식사 시간인 것 같군요."

꽃은 이내 이렇게 덧붙였다.

"저를 좀 생각해주실 수 있으신가요?……"

그러자 몹시 당황한 어린 왕자는 서둘러 물뿌리개를 찾아 꽃에게 신선한 물을 주었다.

꽃은 곧 조금 까다로운 허영심으로 어린 왕자를 괴롭혔다. 예를 들어 어느 날, 자신이 가지고 있는 네 개의 가시 이야기를 꺼내며 어린 왕자에게 이렇게 말했다.

"저는 호랑이가 발톱을 세우고 와도 괜찮답니다!"

"내 별에는 호랑이가 없어요."

어린 왕자는 꽃의 말에 반박했다.

"게다가 호랑이는 풀을 먹지도 않고요."

"저는 풀이 아니에요."

꽃은 부드럽게 대답했다.

"용서해주세요……."

"저는 호랑이는 전혀 겁이 안 나지만 바람은 정말 무서워요. 혹시 바람막이를 가지고 계신가요?"

'바람이 아주 무섭다니…… 운이 없

구나. 식물인데 말이지.'

어린 왕자는 생각했다.

'이 꽃은 정말 까다로워…….'

"저녁에는 둥근 덮개를 씌워주세요. 당신의 별은 정말 춥군요. 아주 불편해요. 제가 살던 곳은……"

하지만 꽃은 말을 멈추었다. 꽃은 씨앗의 상태로 이 별에 왔었던 것이다. 다른 세상에 대해서는 전혀 알 수가 없었다. 그토록 순진한 거짓말을 하다가 들킨 것이 부끄러워진 꽃은 어린 왕자에게 잘못을 뒤집어씌우려고 두세 번 기침을 했다.

"바람막이는요?……"

"찾으러 가려고 하는데 당신이 말을 걸었잖아요!"

그러자 꽃은 그럼에도 어린 왕자에게 양심의 가책을 갖도록 하려는지 억지로 기침을 했다.

그래서 어린 왕자는 사랑에서 우러나온 그 선한 의지에도 불구하고 곧 그 꽃을 의심하게 되었다. 그는 그냥 지나쳐도 될 말을 심각하게 받아들인 나머지 몹시 불행해졌다.

"나는 꽃의 말을 듣지 말아야 했어."

어느 날 그는 나에게 이렇게 털어놓았다.

"꽃들의 말을 절대 들어서는 안 돼. 그저 바라보고 향기를 맡으면 되는 거야. 내 꽃은 내 별을 향기로 가득 채웠지만, 나는 그 향기를 즐기는 법을 몰랐어. 그 발톱 이야기를 할 때 성가셔할 게 아니라 가엾게 여겼어야 했어……."

그리고 그는 또 이렇게 털어놓았다.

"그때 나는 아무것도 이해할 줄 몰랐어! 꽃이 하는 말이 아니라 행동으로 꽃을 판단했어야 했는데. 그 꽃은 내게 향기를 가져왔고 나를 환하게 밝혀주었지. 나는 절대 도망가지 말아야 했어! 꽃의 어리석은 수작 밑에 숨기고 있는 다정한 마음을 읽어냈어야 했지. 꽃들은 너무 모순적이야! 하지만 나는 너무 어려서 그 꽃을 사랑하는 방법을 몰랐던 거야."

9

나는 어린 왕자가 철새의 이동을 이용하여 자신이 살던 별을 떠났으리라 생각한다. 떠나는 날 아침, 그는 별을 말끔히 정리했다. 그는 활화산의 재를 조심스럽게 긁어냈다. 그의 별에는 두 개의 활화산이 있었는데, 아침 식사를 데우는 데 몹시 편리했다. 그는 또한 불이 꺼져버린 화산도 하나 가지고 있었다. 하지만 그의 말대로 "혹시 어떻게 될지 절대 모르니까!" 그래서 그는 불이 꺼진 화산도 재를 꼼꼼하게 긁어냈다. 제때에 재를 긁어내고 청소해주면 화산은 그저 부드럽게 규칙적으로 타오를 뿐 분출하지는 않는다. 화산 분출은 굴뚝에서 피어오르는 불과 같다. 물론 지구의 화산에서 재를 긁어내기에는 인간이 너무 작다. 그래서 우리는 화산 때문에 그

토록 많은 어려움을 겪는 것이다.

어린 왕자는 조금 쓸쓸해하며 마지막 바오밥나무의 싹도 뽑아냈다. 다시는 이 별에 돌아오지 못하리라 생각했다. 하지만 그날 아침에는 지금까지 늘 해왔던 일들이 새삼 몹시도 정겹게 느껴졌다. 마지막으로 꽃에게 물을 주고, 둥근 덮개를 씌워 주었을 때 그는 금방이라도 울음을 터뜨릴 것 같았다.

"안녕."

어린 왕자는 꽃에게 말했다.

하지만 꽃은 대답하지 않았다.

"안녕."

그는 다시 한 번 말했다.

꽃은 기침을 했다. 하지만 감기에 걸려서 그런 것은 아니었다.

"내가 바보였어."

꽃은 마침내 그에게 말했다.

"미안해. 부디 행복해."

어린 왕자는 꽃이 아무런 책망을 하지 않아서 놀랐다. 그는 무척 당황하면서 둥근 덮개를 든 채 서 있었다. 꽃이 왜 다소곳하고 정답게 대하는지 알 수가 없었다.

"물론 나는 너를 사랑해."

그는 활화산의 재를 조심스럽게 긁어냈다.

꽃은 그에게 말했다.

"네가 그걸 전혀 알아채지 못한 것은 내 잘못이야. 그런 건 아무래도 좋아. 하지만 너는 나만큼이나 어리석었어. 부디 행복해…… 둥근 덮개는 그냥 내려놓아. 나는 더 이상 필요 없어."

"하지만 바람이……."

"감기는 별로 심하지 않아…… 상쾌한 밤공기가 오히려 내게 좋을 거야. 나는 꽃이잖아."

"하지만 동물들이……."

"나비들을 사귀려면 애벌레 두세 마리쯤은 참아야 해. 나비들은 무척 아름답잖아. 그렇지 않으면 누가 나를 찾아오겠어? 너는 멀리 있을 테고. 큰 동물들이 와도 난 전혀 무섭지 않아. 나도 발톱이 있으니까."

꽃은 이렇게 말하면서 순진한 표정으로 가시 네 개를 보여주었다. 그런 다음 이렇게 덧붙였다.

"그렇게 꾸물거리지 말아. 짜증 난다구. 떠나기로 마음먹었잖아. 어서 가버려."

꽃은 자신이 우는 모습을 어린 왕자에게 보여주고 싶지 않았던 것이다. 그토록 자존심이 무척 강한 꽃이었다…….

10

어린 왕자가 사는 별 지역에는 소행성 325, 326, 327, 328, 329, 330이 있었다. 그래서 그는 할 일도 찾고 이것저것 배우기도 할 겸, 이 별들을 찾아가보기 시작했다.

첫 번째 별에는 왕이 살고 있었다. 자줏빛 천에 흰 담비 가죽으로 만든 옷을 걸친 왕은 아주 소박하지만 위엄 있는 옥좌에 앉아 있었다.

"아! 여기 신하가 왔구나!"

왕은 어린 왕자를 알아보자 이렇게 소리쳤다.

어린 왕자는 궁금했다.

'나를 한 번도 본 적이 없는데 내가 누군지 어떻게 알 수 있을까?'

그는 왕의 눈에는 세상이 아주 단순하다는 것을 미처 알지 못했다. 왕에게는 모든 사람이 다 신하인 것이다.

"좀 더 잘 볼 수 있도록 이리 가까이 다가오너라."

왕은 마침내 누군가의 왕이 되었다는 생각에 아주 자랑스러워하며 그에게 말했다.

어린 왕자는 주변을 둘러보며 앉을 곳을 찾았지만 별은 온통 거창한 담비 가죽 망토에 덮여 있었다. 그래서 그는 서 있을 수밖에 없었다. 피곤해서 그런지 하품이 나왔다.

"왕 앞에서 하품을 하는 것은 예의에 어긋나는 일이니라."

왕은 어린 왕자에게 말했다.

"너에게 하품을 금지하노라."

"하품을 참을 수가 없어요."

몹시 당황한 어린 왕자가 대답했다.

"저는 긴 여행을 한 데다 잠도 못 잤거든요……."

"그렇다면 너에게 하품을 하도록 명령하노라."

왕이 그에게 말했다.

"몇 년 동안이나 하품하는 사람을 아무도 보지 못했다. 하품하는 것도 짐에겐 진기한 구경거리로구나. 자! 어서, 다시 한 번 하품을 하거라. 이건 명령이니라."

"그런 말씀을 하시니 겁이 나서…… 하품이 더 이상 나오지 않아요……."

어린 왕자는 얼굴을 붉히며 이렇게 말했다.

"흠! 흠!"

왕이 대답했다.

"그렇다면…… 짐이 명령하건대, 가끔은 하품을 하고 가끔은……."

왕은 약간 알아들을 수 없게 말했는데 화가 난 듯했다.

왜냐하면 왕은 무엇보다도 자신의 권위가 존중되어야 한다고 믿고 있었기 때문이었다. 절대군주였기 때문에 불복종은 용납하지 않았다. 하지만 왕은 아주 선량했기 때문에 이치에 맞는 명령을 내렸다.

왕은 자주 이렇게 말하곤 했다.

"짐이 만약 어떤 장군에게 물새로 변하라는 명령을 하고, 장군이 이에 복종하지 않는다면, 그건 장군의 잘못이 아니다. 그건 짐의 잘못이다."

"저 좀 앉아도 될까요?"

어린 왕자가 조심스럽게 물었다.

"짐은 너에게 앉으라고 명령하노라."

왕은 담비 가죽 망토의 자락을 위엄 있게 들어 올리면서 대답했다.

하지만 어린 왕자는 놀랐다. 이 별은 아주 자그마했다. 그런데 왕은 도대체 무엇을 다스린다는 말인가?

"폐하……."

어린 왕자는 왕에게 말했다.

"실례지만 질문을 드려도 될까요……."

"짐은 너에게 질문을 하도록 명령하노라."

왕은 서둘러 대답했다.

"폐하는…… 무엇을 다스리시는지요?"

"모든 것을 다스리느니라."

왕은 너무나 간단하게 대답했다.

"모든 것을요?"

왕은 신중한 자세로 자신의 소행성, 다른 소행성들, 그리고 별들을 가리켰다.

"저걸 모두 다요?"

어린 왕자가 물었다.

"저걸 모두 다……."

왕은 대답했다.

왕은 절대군주일 뿐만 아니라 우주의 군주이기도 했던 것이다.

"그럼 별들이 폐하께 복종을 하나요?"

"물론이지."

왕은 대답했다.

"별들은 즉시 복종하고말고. 짐의 말에 거역하는 자는 용납하지 않는다."

어린 왕자는 왕이 가진 권력에 새삼 감탄했다. 만약 자신이 그만한 권력을 가지고 있다면, 하루에 마흔네 번이 아니라 일흔두 번, 아니 심지어 백 번, 이백 번이라도 의자를 움직이지 않고 일몰을 볼 수 있을 것이 아닌가! 문득 자신이 떠나온 작은 별을 떠올리며 약간 서글퍼진 어린 왕자는 용기를 내어 왕에게 간청했다.

"저는 일몰을 보고 싶습니다…… 제 청을 들어주십시오…… 해가 지도록 명령을 내려주십시오……."

"짐이 장군에게 나비처럼 이 꽃에서 저 꽃으로 날아가라거나, 비극 작품 한 편을 쓰라거나, 또는 물새로 변하라고 명령했을 때,

장군이 받은 그 명령을 따르지 않는다면, 장군과 짐 중에 누구의 잘못이라고 생각하느냐?"

"폐하의 잘못이겠지요."

어린 왕자는 확신에 차서 대답했다.

"그렇지. 반드시 상대방이 할 수 있는 일을 요구해야 하는 것이니라."

왕은 계속 말을 이었다.

"권위는 무엇보다도 이성을 바탕으로 하는 것이지. 만약 네가 백성들에게 바다에 뛰어들라고 명령한다면, 혁명이 일어날 것이야. 짐의 명령이 합리적이기 때문에 짐은 모두를 복종시킬 수 있는 권리를 갖느니라."

"그러면 제가 간청한 일몰은요?"

일단 한번 질문을 했다 하면 결코 잊는 법이 없는 어린 왕자가 다시 물었다.

"너는 일몰을 보게 될 것이다. 짐은 일몰을 명령할 것이다. 하지만 짐의 통치 방침에 따라 조건들이 갖추어질 때까지 기다리겠노라."

"그게 언제일까요?"

어린 왕자가 물었다.

"에헴! 에헴!"

왕이 우선 커다란 달력을 보며 대답했다.

"에헴! 에헴! 그건 대략…… 대략…… 오늘 저녁 일곱 시 사십 분 정도가 될 것이니라! 그리고 짐의 명령이 얼마나 잘 이행되는지 곧 보게 될 것이니라."

어린 왕자는 하품을 했다. 일몰을 못 보아서 아쉬웠다. 게다가 벌써 좀 따분해졌다.

"여기서는 제가 더 이상 할 일이 없어요."

그는 왕에게 말했다.

"저는 그만 가보겠습니다!"

"가지 마라!"

신하를 두게 되어 우쭐해 있던 왕이 대답했다.

"떠나지 마라. 너를 대신으로 삼겠노라!"

"무슨 대신이요?"

"음…… 법무 대신이 어떠냐!"

"하지만 여기에는 재판할 사람이 아무도 없잖아요!"

"무슨 일이 생길지 알 수 없느니라."

왕이 어린 왕자에게 말했다.

"짐은 내 영지를 아직 전부 돌아보지 않았느니라. 짐은 아주 나이가 많은 데다 마차를 둘 공간도 없고, 걸어 다니려면 아주 피곤해지느니라."

"아! 하지만 제가 이미 살펴봤어요."

어린 왕자는 별의 반대쪽을 한 번 더 보기 위해 앞으로 몸을 숙

11

두 번째 별에는 허영심 많은 사람이 살고 있었다.

"아! 아! 나를 숭배하러 찾아온 사람이군!"

허영심 많은 사람은 어린 왕자의 모습을 알아보자마자 멀리서 이렇게 소리쳤다.

허영심 많은 사람은 다른 사람 모두가 자신을 숭배하는 사람이라고 믿기 때문이다.

"안녕하세요."

어린 왕자가 말했다.

"재미있는 모자를 쓰고 계시네요."

"이건 인사하기 위해서지."

허영심 많은 사람이 대답했다.

"사람들이 내게 환호할 때 인사하기 위해서지. 하지만 불행하게도 아무도 여길 찾아오지 않아."

"아, 그래요?"

그가 무슨 말을 하는지 이해하지 못한 어린 왕자가 말했다.

"박수를 쳐보렴."

그러자 허영심 많은 사람이 지시했다.

어린 왕자가 박수를 쳤다. 허영심 많은 사람은 모자를 들어 올리면서 겸손하게 인사를 했다.

'왕을 방문했을 때보다는 더 재미있는걸!'

어린 왕자는 혼자서 생각했다. 그리고 계속해서 박수를 쳤다. 허영심 많은 사람은 계속해서 모자를 들어 올리며 인사를 했다.

오 분 정도 이렇게 계속하다 보니 어린 왕자는 이 단조로운 놀이에 싫증이 났다.

"모자가 떨어지게 하려면 어떻게 해야 돼요?"

어린 왕자가 물었다.

하지만 허영심 많은 사람은 어린 왕자의 말을 귀담아듣지 않았다. 허영심 많은 사람들은 칭찬 이외에는 아무것도 듣지 않는 법이다.

“너는 정말로 나를 크게 숭배하느냐?”

그 사람은 어린 왕자에게 물었다.

“숭배한다는 게 무슨 뜻이죠?”

“숭배한다는 건 내가 이 별에서 가장 잘생기고, 가장 옷을 잘 입고, 가장 돈이 많고, 가장 똑똑한 사람이라는 사실을 인정한다는 뜻이란다.”

“하지만 이 별에 사는 사람은 아저씨뿐이잖아요!”

“나를 기쁘게 해다오. 어쨌든 나를 숭배해주렴.”

“아저씨를 숭배해요.”

어린 왕자는 어깨를 약간 으쓱이며 말했다.

“하지만 제가 숭배한다는 것이 아저씨에게 무슨 의미죠?”

그리고 어린 왕자는 길을 떠났다.

‘어른들은 정말이지 아주 이상해.’

어린 왕자는 여행을 계속하면서 다만 이렇게 혼자 생각했다.

12

다음 별에는 술꾼이 살고 있었다. 그곳에 아주 잠깐 머물렀을 뿐인데도 어린 왕자는 깊은 우울에 휩싸였다.

"거기서 뭘 하세요?"

어린 왕자는 빈 술병들과 술이 가득 든 술병들을 죽 늘어놓고 말없이 앉아 있는 술꾼에게 물었다.

"술을 마시고 있지."

술꾼이 침울한 표정으로 대답했다.

"왜 술을 마시는데요?"

어린 왕자가 물었다.

"잊어버리기 위해서야."

술꾼이 대답했다.

"뭘 잊어버리는데요?"

이미 그가 딱하다는 생각이 든 어린 왕자가 물었다.

"부끄러운 걸 잊어버리기 위해서지."

고개를 푹 숙이며 술꾼이 고백했다.

"무엇이 부끄러운데요?"

그를 도와주고 싶어진 어린 왕자가 캐물었다.

"술을 마시는 게 부끄러워!"

술꾼은 이렇게 내뱉고는 더 이상 아무 말도 하지 않았다.

그리고 어린 왕자는 어리둥절한 채 길을 떠났다.

'어른들은 정말이지 아주, 아주 이상해.'

어린 왕자는 여행을 계속하면서 혼자 생각했다.

13

네 번째 별은 사업가의 별이었다. 이 사람은 얼마나 바쁜지 어린 왕자가 찾아왔을 때 고개조차 들지 않았다.

"안녕하세요."

어린 왕자가 말했다.

"아저씨 담배가 꺼졌어요."

"삼 더하기 이는 오. 오 더하기 칠은 십이. 십이 더하기 삼은 십오. 안녕. 십오 더하기 칠은 이십이. 이십이 더하기 육은 이십팔. 담뱃불을 다시 붙일 시간이 없구나. 이십육 더하기 오는 삼십일. 휴! 그러면 오억일백육십이만이천칠백삼십일이구나."

"뭐가 오억이라고요?"

“응? 너 아직 거기 있었니? 오억일백만…… 아차, 까먹었네…… 할 일이 너무 많거든! 나는 중요한 일을 하는 사람이야. 허튼소리나 하며 빈둥거리는 게 아니야! 이 더하기 오는 칠…….”

“뭐가 오억일백만이라는 거예요?”

살면서 한번 질문한 것은 결코 그냥 넘겨버린 적이 없는 어린 왕자가 다시 물었다.

사업가는 고개를 들었다.

“이 별에서 오십사 년을 살아왔는데, 일하는 데 딱 세 번 방해를 받았지. 첫 번째는 이십이 년 전에 어디선가 날아와 떨어진 풍뎅이

한 마리 때문이었어. 그 녀석이 하도 붕붕거리며 소란을 떠는 통에 나는 덧셈에서 네 번이나 틀렸단다. 두 번째는 십일 년 전으로 신경통 때문이었지. 나는 운동을 충분히 하지 못하거든. 산책할 시간이 없다고. 나는 아주 중요한 일을 하고 있어. 세 번째는…… 바로 지금이야! 내가 어디까지 했더라? 오억일백만……."

"뭐가 일백만이에요?"

사업가는 조용히 일할 희망이 조금도 없음을 깨달았다.

"가끔 하늘에 보이는 그 작은 것들 말이다."

"파리요?"

"아니, 그 반짝반짝 빛나는 작은 것들."

"벌이요?"

"아니. 게으른 사람들을 공상에 빠지게 하는 그 황금색의 작은 것들 말이야. 하지만 나는 중요한 일을 하고 있거든! 공상이나 하고 있을 시간이 없어."

"아! 별을 말씀하시는군요?"

"맞아, 바로 그거야. 별."

"근데, 오억 개의 별로 뭘 하는데요?"

"오억일백육십이만이천칠백삼십일. 나는 중요한 일을 하는 사람이야. 정확하기도 하지."

"그러니까 그 별들을 가지고 뭘 하는데요?"

"내가 뭘 하느냐고?"

"네."

"아무것도 안 해. 그냥 가지고 있을 뿐이야."

"아저씨가 별들을 가지고 있다고요?"

"그럼."

"하지만 제가 전에 만났던 왕은……"

"왕은 별을 가지고 있지 않아. '다스릴' 뿐이지. 아주 다른 거란다."

"그렇다면 별을 가지는 게 뭐에 소용이 되는데요?"

"부자가 되는 데 소용이 되지."

"그럼 부자가 되는 게 무슨 소용이 있어요?"

"다른 별을 사는 데 소용이 되지. 누군가 발견한다면 말이야."

어린 왕자는 혼자서 생각했다.

'이 사람도 술꾼처럼 말을 하는군.'

그는 어쨌든 다시 질문을 퍼부었다.

"어떻게 하면 별들을 가질 수 있나요?"

"별들이 누구 거지?"

사업가는 까다롭게 반박했다.

"모르겠어요. 별은 누구의 것도 아닐걸요."

"그렇다면 별들은 내 거야. 왜냐하면 내가 처음 생각을 해냈으니까."

"처음 생각만 하면 되나요?"

"물론이지. 만약 네가 누구의 것도 아닌 다이아몬드를 발견하게 된다면, 그 다이아몬드는 네 것이야. 또 누구의 것도 아닌 섬을 발견하게 된다면, 그 섬은 네 것이지. 네가 처음 어떤 생각을 해냈을 때 특허를 받게 되면 그 생각은 네 것이 되지. 내가 하기 전에는 아무도 별들을 가질 생각을 하지 못했으니까 별들은 내 것이 되는 거야."

"맞는 말이네요."

어린 왕자가 말했다.

"그럼 아저씨는 별들로 뭘 하나요?"

"나는 별들을 관리하지. 별들을 세고, 또 세는 거야."

사업가가 말했다.

"어려운 일이란다. 하지만 나는 진지한 사람이거든!"

어린 왕자는 아직도 만족스럽지 않았다.

"만약 제가 목도리를 갖고 있다면, 저는 그 목도리를 목에 두르거나 갖고 다닐 수 있어요. 만약 제가 꽃을 소유하고 있다면 꽃을 따서 가지고 다닐 수 있죠. 하지만 아저씨는 별을 딸 수 없잖아요!"

"그렇지. 하지만 별들을 은행에 넣어둘 수 있어."

"그게 무슨 뜻이에요?"

"내가 가지고 있는 별들의 개수를 작은 종이에 써서 그 종이를 서랍에 넣고 열쇠로 잠가놓는 거야."

"그게 다예요?"

"그걸로 충분하지!"

'정말 재미있는걸.'

어린 왕자는 생각했다.

'꽤 시적이기까지 해. 하지만 아주 중요하지는 않아.'

어린 왕자가 생각하는 중요한 일은 어른들이 생각하는 것과는 매우 달랐다.

"저는요."

그는 말을 이었다.

"꽃을 한 송이 갖고 있는데, 날마다 그 꽃에 물을 주지요. 그리고 화산 세 개도 갖고 있어서 일주일에 한 번씩 재를 긁어내죠. 저는 활동을 멈춘 화산의 재도 긁어내요. 무슨 일이 생길지 모르거든요. 그러니까 제가 그들을 가지고 있다는 사실은 제 화산들에게나, 제 꽃에게 도움을 준다는 것이에요. 하지만 아저씨는 별들에게 도움이 되지 않아요……."

사업가는 입을 열었지만 답할 말을 전혀 찾지 못했다. 그리고 어린 왕자는 길을 떠났다.

'어른들은 정말이지 참 이상해.'

어린 왕자는 여행을 계속하면서 혼자서 이렇게 생각할 뿐이었다.

14

다섯 번째 별은 아주 야릇했다. 그 별은 모든 별 중에서도 가장 작았다. 거기에는 가로등과 가로등지기가 있을 자리밖에 없었다. 어린 왕자는 하늘 한구석에 집도 없고 사람도 없는 별에서 가로등과 가로등지기가 무슨 소용이 있는지 도무지 납득할 수가 없었다. 그러나 그는 속으로 생각했다.

'이 사람도 보나마나 부조리한 사람일 거야. 하지만 왕, 허영심 많은 사람, 사업가, 술꾼보다는 덜 부조리하겠지. 적어도 이 사람이 하는 일에는 어떤 의미가 있으니까. 가로등지기가 가로등을 켜는 것은 마치 또 하나의 별, 또 한 송이의 꽃을 탄생시키는 것과 같아. 가로등지기가 가로등을 끌 때에는 꽃이나 별을 잠재우는 것이나

마찬가지고. 이건 상당히 멋진 직업이야. 멋지니까 참 쓸모가 있는 일이지.'

어린 왕자는 그 별에 발을 들여놓으며 가로등지기에게 공손하게 인사했다.

"안녕하세요. 지금 막 왜 가로등을 껐나요?"

"명령이거든. 좋은 아침이야!"

가로등지기가 대답했다.

"명령이 뭐예요?"

"내 가로등을 끄는 거지. 잘 자렴."

그러고 나서 가로등지기는 다시 가로등을 켰다.

"그런데 왜 지금 다시 가로등을 켜셨어요?"

"명령이지."

가로등지기가 대답했다.

"이해가 안 돼요."

어린 왕자가 말했다.

"이해하고 말 것도 없단다."

가로등지기가 말했다.

"명령은 명령이니까. 좋은 아침이야."

그리고 가로등지기는 다시 가로등을 껐다.

그러고는 바둑판무늬의 빨간색 손수건으로 이마의 땀을 닦았다.

"나는 끔찍한 일을 하고 있단다. 예전에는 그래도 합리적이었어.

"나는 끔찍한 일을 하고 있단다."

아침이 되면 가로등을 끄고 저녁이 되면 가로등을 켰지. 그래서 나머지 낮 시간에는 쉬고 나머지 밤 시간에는 잠을 잤어……."

"그럼, 그다음에 명령이 바뀌었나요?"

"명령은 바뀌지 않았어."

가로등지기가 말했다.

"바로 그게 문제지! 이 별은 해가 갈수록 더욱 빨리 돌고 있는데 명령이 바뀌지 않았다고!"

"그래서요?"

어린 왕자가 말했다.

"그래서 이제 이 별은 일 분에 한 번씩 돌기 때문에 나는 단 일 초도 쉴 수가 없어. 일 분마다 한 번씩 가로등을 켰다가 꺼야 해!"

"그것 참 재미있네요! 아저씨 별에서는 하루가 일 분이라니!"

"하나도 재미있지 않아."

가로등지기가 말했다.

"너랑 나는 이미 한 달 동안이나 이야기하고 있는 셈이야."

"한 달이요?"

"그렇지. 삼십 분이 지났으니 삼십 일이지! 잘 자."

그리고 가로등지기는 다시 가로등을 켰다.

어린 왕자는 그를 바라보았다. 그토록 명령에 충실한 이 가로등지기가 마음에 들었다. 의자를 조금씩 옮기면서 일몰을 찾아다니던 옛 생각이 떠올랐다. 어린 왕자는 친구를 도와주고 싶었다.

"있잖아요…… 쉬고 싶을 때 언제든 쉴 수 있는 방법을 저는 알고 있어요."

"나는 언제나 쉬고 싶단다."

가로등지기는 말했다.

아무리 착실한 사람이라도 게으름을 피우고 싶을 때가 있기 때문이다.

어린 왕자는 말을 이었다.

"아저씨의 별은 너무나 작아서 세 걸음 만에 한 바퀴를 돌 수 있잖아요. 천천히 걷기만 하면 언제나 햇빛 아래에 있게 돼요. 쉬고 싶을 때마다 그냥 걸으세요…… 그러면 아저씨가 원하는 만큼 낮이 계속될 거예요."

"그건 나한테 그다지 도움이 되지 않아."

가로등지기가 말했다.

"내가 정말 바라는 것은 잠을 자는 것이니 말이야."

"그렇다면 아저씨는 운이 없군요."

어린 왕자가 말했다.

"그렇지."

가로등지기가 말했다.

"안녕!"

그리고 그는 다시 가로등을 껐다.

어린 왕자는 더욱 먼 곳으로 여행을 계속하면서 생각했다.

'저 사람은 왕, 허영심 많은 사람, 술꾼, 사업가 등 모든 다른 사람들에게 멸시를 받을지 몰라. 하지만 내 눈에 우스꽝스럽게 보이지 않는 사람은 저 사람뿐이야. 아마 자기 자신의 일 말고 다른 일에 전념하고 있기 때문일 거야.'

어린 왕자는 안타까운 듯 한숨을 푹 내쉬고는 다시금 생각했다.

'내가 친구로 삼을 수 있었던 사람은 저 사람뿐이야. 하지만 저 사람의 별은 정말 너무 작아. 두 사람이 있을 공간이 없다고…….'

어린 왕자가 차마 스스로 인정하지 않았던 것은 자신이 이십사 시간 동안 천사백마흔 번이나 해가 지는 축복받은 그 별을 그리워하고 있다는 사실이었다.

15

여섯 번째 별은 앞에 갔던 별보다 열 배는 더 큰 별이었다. 그 별에는 어마어마한 책들을 쓰는 나이 든 신사가 살고 있었다.

"아! 탐험가가 오는군!"

나이 든 신사는 어린 왕자를 보고 이렇게 소리쳤다.

어린 왕자는 책상 위에 걸터앉아 숨을 약간 몰아쉬었다. 그동안 이미 긴 여행을 했기 때문이었다!

"너는 어디서 왔니?"

나이 든 신사가 어린 왕자에게 물었다.

"그 커다란 책은 뭐예요?"

어린 왕자가 말했다.

"여기서 뭘 하시나요?"

"나는 지리학자란다."

나이 든 신사가 말했다.

"지리학자가 뭔데요?"

"바다와 강, 도시, 산, 사막이 어디에 있는지 아는 학자이지."

"정말 재미있겠네요."

어린 왕자가 말했다.

"마침내 진짜 직업을 가지고 있는 사람을 여기서 만났어!"

그리고 그는 지리학자가 사는 별을 죽 둘러보았다. 그는 그토록 웅장한 별을 본 적이 없었다.

"할아버지가 사는 별은 정말 아름답네요. 이 별에는 큰 바다가 있나요?"

"그건 알 수 없구나."

지리학자가 말했다.

"이런! (어린 왕자는 실망했다.) 그럼 산은요?"

"그것도 알 수 없구나."

지리학자가 말했다.

"그러면 도시와 강과 사막은요?"

"그것도 알 수 없구나."

지리학자가 말했다.

"할아버지는 지리학자잖아요!"

"그렇지."

지리학자가 말했다.

"하지만 나는 탐험가가 아니란다. 내 별에는 탐험가가 절대적으로 부족해. 지리학자는 도시와 강, 산, 바다, 대양, 사막을 세며 돌아다니는 사람이 아니야. 지리학자는 한가롭게 돌아다니기에는 너무 중요한 사람이지. 지리학자는 서재를 떠나지 않거든. 하지만 이곳에서 탐험가들을 맞이하지. 지리학자는 탐험가들에게 질문을 하고, 탐험가들이 기억하는 것을 써내려간단다. 그리고 탐험가의 이야기를 들어보다가 흥미롭게 느껴지면 지리학자는 그 탐험가의 도덕성이 어떤지 조사하지."

"어째서요?"

"탐험가가 거짓말을 하게 되면 지리책에 큰 잘못이 생길 수 있기 때문이야. 술을 너무 많이 마시는 탐험가도 마찬가지고 말이야."

"왜 그렇죠?"

어린 왕자가 질문했다.

"왜냐하면 주정뱅이의 눈에는 사물이 둘로 보이거든. 그러면 지리학자는 산이 하나밖에 없는데도 두 개가 있다고 기록하게 되는 거야."

"저도 그런 사람을 알아요."

어린 왕자가 말했다.

"좋은 탐험가가 되지 못할 사람이요."

"그럴지도 모르지. 그래서 탐험가의 도덕성이 좋다고 생각되면, 그 사람이 발견한 곳에 대해 조사한단다."

"직접 가서 보나요?"

"아니. 그건 너무 복잡해. 하지만 탐험가에게 증거를 제시하도록 요구한단다. 예를 들어 탐험가가 커다란 산을 발견했다고 한다면, 그 산에서 아주 커다란 돌을 가져오라고 요구하지."

지리학자는 갑자기 흥분했다.

"그런데 너, 너는 먼 곳에서 왔지! 너야말로 탐험가구나! 네가 사는 별에 대해 이야기해줘야겠다!"

그리고 지리학자는 기록부를 편 다음 연필을 깎았다. 탐험가들의 이야기들은 일단 연필로 써놓았다가 증거를 가져온 뒤에야 잉크로 쓴다.

"자, 시작해볼까?"

지리학자가 질문했다.

"아! 제가 사는 곳은요."

어린 왕자가 말했다.

"그리 재미있는 곳이 아니에요. 아주 작고요. 화산이 세 개 있는데, 두 개는 활화산이고 하나는 불이 꺼진 화산이에요. 하지만 혹시 또 모르죠."

"그건 모르는 일이지."

지리학자가 말했다.

"저에게는 꽃도 한 송이 있어요."

"우리는 꽃은 기록하지 않는단다."

지리학자가 말했다.

"왜요? 얼마나 예쁜데요!"

"꽃이란 덧없기 때문이지."

"덧없다는 게 무슨 뜻이에요?"

"지리책은 모든 책 중에서도 가장 중요한 책이지. 절대로 유행을 타지 않아. 산의 위치가 바뀌는 일은 아주 드물지. 대양의 물이 마르는 일도 거의 있을 수 없어. 우리는 영원한 것들을 기록한단다."

지리학자가 말했다.

"하지만 불이 꺼진 화산도 다시 깨어날 수 있잖아요."

어린 왕자가 지리학자의 말을 가로막았다.

"덧없다는 게 무슨 뜻인가요?"

"화산이 꺼져 있든, 깨어 있든 우리에겐 마찬가지야."

지리학자가 말했다.

"우리에게 중요한 것은 산이지. 그건 변하지 않거든."

"그런데 덧없다는 게 무슨 뜻이냐고요?"

일단 한번 꺼낸 질문은 결코 지나치는 법이 없는 어린 왕자가 또다시 물었다.

"그 말은 '곧 사라질 위험에 처해 있다'는 뜻이란다."

"제 꽃도 곧 사라질 위험에 처해 있나요?"

"물론이지."

'내 꽃이 덧없다니.'

어린 왕자는 생각했다.

'게다가 그 꽃은 세상에 맞서 스스로를 지킬 만한 것이라고 해야 네 개의 가시밖에 없잖아! 나는 내 별에다 그 꽃을 홀로 내버려 두고 왔어!'

어린 왕자는 처음으로 후회를 했다. 하지만 다시 용기를 냈다.

"제가 어느 별을 가보는 게 좋을까요?"

어린 왕자가 질문했다.

"지구라는 별이지."

지리학자가 대답했다.

"그 별이 좋다는 평판이더구나……."

그리하여 어린 왕자는 자신의 꽃에 대해 생각하면서 길을 떠났다.

16

일곱 번째 별은 지구였다.

지구는 이제까지 본 별들과는 달랐다! 지구에는 백열한 명의 왕들(물론 흑인 왕들을 포함해서), 칠천 명의 지리학자들, 구십만 명의 사업가들, 칠백오십만 명의 주정뱅이들, 삼억천백만 명의 허영심 많은 사람들이 살고 있었다. 다시 말해 이십억 명 정도의 어른들이 살고 있었다.

전기가 발명되기 전에는 육대주 전체에 걸쳐 사십육만이천오백열한 명의 가로등지기 무리를 두어야 했었다는 이야기를 들려주면 지구가 얼마나 큰지 짐작이 갈 것이다.

약간 멀리서 보면 정말 멋진 광경이었다. 이 가로등지기 군단의 움직임은 마치 오페라 발레단의 동작처럼 질서정연했다. 먼저 뉴질랜드와 오스트레일리아의 가로등지기가 불을 켠다. 이들은 거리의 가로등을 밝힌 다음에 잠을 자러 갔다. 이어 중국과 시베리아의 가로등지기들이 나타나 춤을 추고는 이들 역시 무대 뒤로 사라졌다. 그다음에는 러시아와 인도 가로등지기들의 차례가 왔다. 그리고 이어서 아프리카와 유럽의 가로등지기들이 나타난다. 그런 다음 남아메리카, 그리고 북아메리카의 차례다. 이들은 결코 무대에 등장할 순서를 놓치는 법이 없었다. 실로 장엄한 광경이었다.

북극에 있는 단 하나의 가로등을 지키는 가로등지기와 남극에 있는 단 하나의 가로등을 지키는 그의 동료만이 느긋하게 게으름을 피웠다. 이들은 일 년에 두 번만 일하기 때문이었다.

17

재치를 부리려고 하다 보면 약간은 거짓말을 하게 된다. 내가 가로등지기에 대해 한 이야기는 완전히 정직한 것은 아니었다. 지구를 모르는 사람들에게 지구에 대해 잘못된 인상을 줄 수 있는 위험이 있다. 인간은 지구 위에 아주 적은 공간만을 차지하고 있을 뿐이다. 지구에 사는 이십억 명의 사람들이 마치 큰 공공 행사 때처럼 약간 빽빽이 모여서 서 있다면, 이십 마일 길이와 이십 마일 너비의 광장 안에 충분히 다 들어갈 것이다. 인류를 태평양의 가장 작은 섬에 몰아넣을 수도 있다.

어른들은 물론 이 말을 믿지 않을 것이다. 그들은 자신들이 훨씬 많은 공간을 차지한다고 믿고 있기 때문이다. 어른들은 자신들이 바오밥나무만큼이나 중요하다고 생각한다. 따라서 여러분은 그들에게 계산을 해보도록 권하는 것이 좋다. 그들은 숫자를 몹시 사랑하기 때문에 마음에 들어 할 것이다. 하지만 이런 지루한 일에 시간을 낭비할 것까진 없다. 쓸데없는 일이다. 내 말을 믿으면 된다.

그래서 어린 왕자는 지구에 도착했을 때 사람들이 아무도 보이지 않자 무척 놀랐다. 별을 잘못 찾아온 것이 아닐까 벌써 불안해하고 있는데, 달빛의 둥그런 고리가 모래 속에서 몸을 움직였다.

"안녕."

어린 왕자는 혹시 몰라 이렇게 말했다.

"안녕."

뱀이 대답했다.

"내가 도착한 데가 어느 별이지?"

어린 왕자가 물었다.

"지구라는 별이야, 아프리카라는 곳이지."

뱀이 대답했다.

"아!…… 그럼 지구에는 사람이 아무도 없니?"

"여긴 사막이야. 사막에는 사람이 아무도 없어. 지구는 아주 크거든."

뱀이 말했다.

어린 왕자는 바위에 앉아 하늘을 올려다보았다.

"언젠가 저마다 자신의 별을 찾을 수 있도록, 별들이 빛나고 있

그래서 어린 왕자는 지구에 도착했을 때
사람들이 아무도 보이지 않자 무척 놀랐다.

는 것은 아닐까? 내 별을 봐. 바로 우리 머리 위에 있잖아…… 하지만 너무 멀리 있어!"

어린 왕자가 말했다.

"아름다운 별이야."

뱀이 말했다.

"여기에는 무슨 일로 왔니?"

"어떤 꽃과 문제가 생겨서."

어린 왕자가 말했다.

"그렇구나!"

뱀이 말했다.

그러고는 둘 다 아무 말도 하지 않았다.

"사람들은 어디에 있니?"

어린 왕자가 마침내 다시 말을 걸었다.

"사막은 조금 쓸쓸하다……."

"사람들이랑 있어도 쓸쓸한걸."

뱀이 말했다.

어린 왕자는 뱀을 한참 동안 바라보다 이윽고 입을 열었다.

"넌 좀 이상하게 생긴 동물이구나. 손가락처럼 가늘고……."

"하지만 나는 왕의 손가락보다 더 힘이 세지."

뱀이 말했다.

어린 왕자가 미소를 지었다.

"넌 좀 이상하게 생긴 동물이구나. 손가락처럼 가늘고……."

"그리 힘이 센 것 같지 않은걸…… 게다가 발도 없잖아…… 여행할 수도 없을 텐데……."

"나는 배보다 더 멀리 너를 데려갈 수 있어."

뱀이 말했다.

뱀은 어린 왕자의 발목을 마치 황금 팔찌처럼 감쌌다.

"내가 건드리는 사람은 자신이 온 곳으로 돌아가게 되지."

뱀은 말을 이었다.

"하지만 너는 순수하고, 어떤 별에서 왔기 때문에……."

어린 왕자는 아무런 대답도 하지 않았다.

"네가 측은한 생각이 들어. 그렇게 연약한 몸으로 이 단단한 돌투성이의 지구에 있으니. 언젠가 떠나온 별이 몹시 그리워지면 내가 너를 도와줄 수 있어. 나는……"

"그래! 무슨 말인지 아주 잘 알아들었어."

어린 왕자가 말했다.

"그런데 너는 왜 항상 수수께끼 같은 말만 하니?"

"내가 모든 수수께끼를 다 풀거든."

뱀이 말했다.

그러고는 둘 다 아무런 말이 없었다.

18

어린 왕자는 사막을 가로지르면서 딱 한 송이의 꽃을 만났다. 꽃잎이 석 장밖에 없는 아주 초라한 꽃이었다…….

"안녕."

어린 왕자가 말했다.

"안녕."

꽃이 말했다.

"사람들은 어디에 있니?"

어린 왕자가 공손하게 물었다.

그 꽃은 언젠가 대상隊商의 무리가 지나가는 것을 보았다.

"사람들? 내 생각에 예닐곱 명 정도 있는 것 같아. 몇 년 전에 그 사람들을 보았지. 하지만 그 사람들을 어디서 찾을 수 있을지 전혀 모르겠어. 그 사람들은 바람에 실려 다니거든. 뿌리가 없기 때문에 사람들은 아주 불편을 겪는단다."

"잘 있어."

어린 왕자가 말했다.

"잘 가."

꽃이 말했다.

19

어린 왕자는 높은 산으로 올라갔다. 그가 아는 산이라고 해야 높이가 무릎 정도밖에 안 되는 세 개의 화산이 전부였다. 그는 불이 꺼진 화산을 발판으로 사용하곤 했다.

'이렇게 높은 산 위에서는.'

그래서 그는 생각했다.

'별과 그 위에 사는 사람들을 한눈에 모두 볼 수 있겠지…….'

하지만 그의 눈에 보이는 것은 바늘처럼 날카로운 바위투성이의 봉우리뿐이었다.

"안녕하세요."

누군가 들을 수도 있다는 생각에 그는 이렇게 말했다.

"안녕하세요…… 안녕하세요…… 안녕하세요……."

메아리가 대답했다.

"당신은 누구세요?"

어린 왕자가 말했다.

"당신은 누구세요…… 당신은 누구세요…… 당신은 누구세요……."

메아리가 대답했다.

"친구가 되어주세요. 나는 외로워요."

그가 말했다.

"나는 외로워요…… 나는 외로워요…… 나는 외로워요……."

메아리가 대답했다.

'정말 요상한 별이야!'

어린 왕자는 생각했다.

'이 별은 온통 메마르고 온통 날카롭고 온통 험하잖아. 그리고 사람들은 상상력도 없나 봐. 남이 하는 말을 따라 되풀이하니 말이야…… 내가 사는 별에는 꽃 한 송이가 있었어. 그 꽃이 언제나 먼저 말을 걸었는데……'

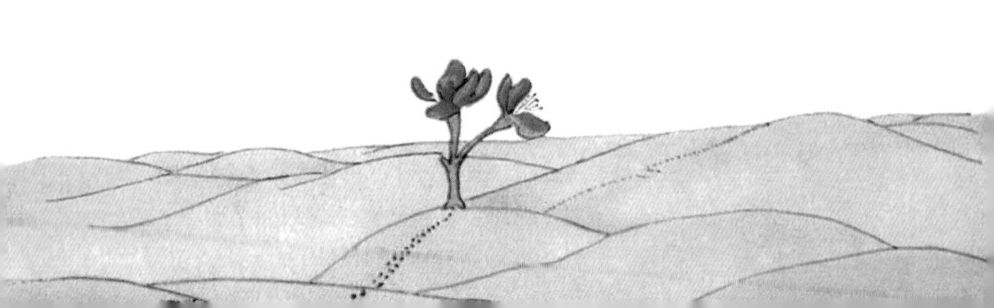

이 별은 온통 메마르고 온통 날카롭고 온통 험하잖아.

20

모래와 바위와 눈 속을 헤치며 오랫동안 걷던 어린 왕자는 마침내 길을 발견했다. 그리고 길들은 모두 사람들이 사는 곳으로 통하게 마련이다.

"안녕."

어린 왕자가 말했다.

그곳은 장미꽃이 수도 없이 피어 있는 정원이었다.

"안녕."

장미꽃들이 말했다.

어린 왕자는 장미꽃들을 바라보았다. 모두가 그의 꽃을 닮았다.

"너희는 누구니?"

그가 깜짝 놀라 물었다.

"우리는 장미꽃이야."

장미꽃들이 말했다.

"아, 그렇구나!……"

어린 왕자가 말했다.

어린 왕자는 몹시 불행하다고 느꼈다. 그의 꽃은 자신이 우주 전체에서 하나밖에 없는 꽃이라고 그에게 말했었다. 그런데 여기에는 단 하나의 정원에 똑같이 생긴 꽃이 오천 송이나 있지 않은가!

어린 왕자는 생각했다.

'내 꽃이 이 모습을 본다면 크게 화를 낼 거야…… 기침을 심하게 하면서 비웃음거리가 되는 걸 피하려고 죽을 것처럼 굴겠지. 그러면 나는 꽃을 보살피는 척해야 할 거고. 그렇지 않으면 나에게 모욕을 주기 위해 진짜로 죽어버릴 테니까…….'

그리고 그는 또 생각했다.

'나는 세상에 하나뿐인 꽃을 가지고 있기 때문에 내가 부자라고 생각했어. 하지만 난 평범한 장미꽃 하나를 갖고 있었을 뿐이야. 그 꽃과 내 무릎 정도까지 오는 세 개의 화산들, 그중 하나는 영원히 꺼져버렸는지도 몰라. 그것들만으로는 위대한 왕자가 될 수 없어…….'

그리고 그는 풀밭에 엎드려 울었다.

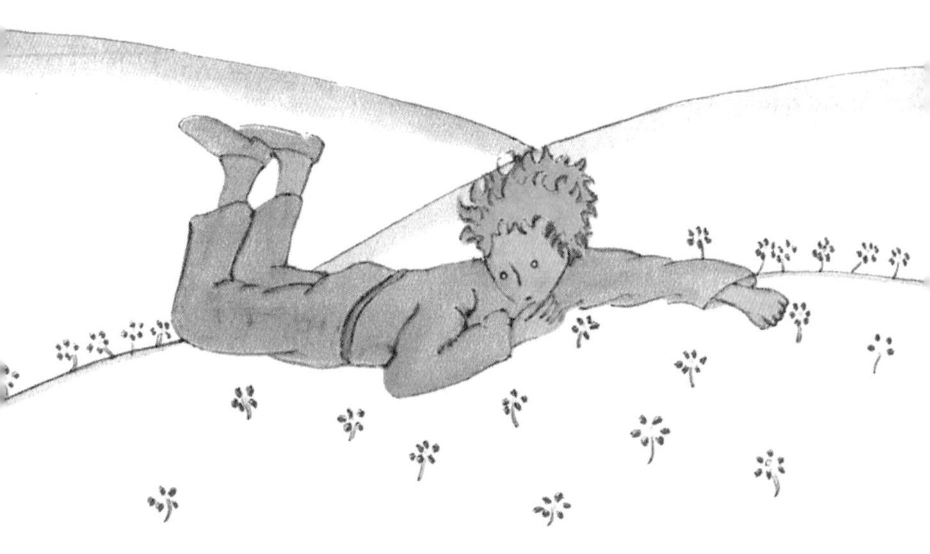

그리고 그는 풀밭에 엎드려 울었다.

21

여우가 나타난 것은 바로 그때였다.

"안녕."

여우가 말했다.

"안녕."

어린 왕자는 예의 바르게 대답하고 돌아보았지만 아무것도 보이지 않았다.

"나는 여기 있어."

그 목소리가 말했다.

"사과나무 밑에……."

"넌 누구니?"

어린 왕자가 말했다.

"참 예쁘구나……."

"나는 여우야."

여우가 말했다.

"이리 와서 나랑 같이 놀자."

어린 왕자가 제안했다.

"난 지금 굉장히 슬퍼……."

"나는 너랑 놀 수 없어."

여우가 말했다.

"나는 길들여지지 않았거든."

"아! 미안해."

어린 왕자가 말했다.

하지만 곰곰이 생각해본 후 이렇게 덧붙였다.

"'길들인다'는 게 무슨 말이니?"

"너는 여기 사람이 아니구나."

여우가 말했다.

"너는 뭘 찾고 있니?"

"나는 사람들을 찾고 있어."

어린 왕자가 말했다.

"'길들인다'는 게 무슨 뜻이야?"

여우가 말했다.

"사람들은 총을 가지고 있고 사냥을 해. 상당히 곤란한 일이야! 그들은 또 닭을 키우지. 그게 사람들의 유일한 관심거리야. 너는 닭을 찾고 있니?"

"아니."

어린 왕자가 말했다.

"나는 친구를 찾고 있어. '길들인다'는 게 무슨 말이야?"

"그건 지나치게 잊혀진 것인데, '관계를 맺는다'는 뜻이야……."

"관계를 맺는다고?"

"물론이지."

여우가 말했다.

"나에게 아직 너는 십만 명의 다른 소년과 다를 게 없는 소년일 뿐이야. 그리고 나는 너를 필요로 하지 않아. 너 역시 나를 필요로 하지 않고. 너에게 나는 십만 마리의 다른 여우와 같을 뿐이니까.

하지만 네가 나를 길들이면 우리는 서로를 필요로 하게 될 거야. 너는 나에게 세상에서 단 하나밖에 없는 소년이 되고, 나는 너에게 세상에서 단 한 마리밖에 없는 여우가 될 거고……."

"조금은 알 것 같아."

어린 왕자가 말했다.

"꽃이 한 송이 있어…… 그 꽃이 나를 길들인 것 같아……."

"그럴 수도 있지."

여우가 말했다.

"지구에서는 별의별 것들을 다 보게 되니까……."

"아! 지구에서 일어난 일 이야기가 아니야."

어린 왕자가 말했다.

여우는 몹시 궁금해하는 것 같았다.

"다른 별에서 일어난 이야기야?"

"응."

"그 별에는 사냥꾼들이 있니?"

"아니."

"그거 참 흥미로운데! 그럼 닭들은?"

"없어."

"완벽한 건 아무것도 없지."

여우가 한숨을 쉬었다.

하지만 여우는 다시 자기 이야기로 되돌아갔다.

"내 삶은 아주 단조로워. 나는 닭들을 사냥하고, 사람들은 나를 사냥해. 모든 닭들은 다 똑같고, 모든 사람들도 다 똑같아. 그래서 나는 좀 따분해. 하지만 네가 나를 길들인다면, 내 인생은 햇빛으로 가득 차는 것 같을 거야. 나는 다른 모든 발소리와는 다른 발소리를 알아듣게 될 테고. 다른 사람들의 발소리는 나를 얼른 굴속으로 숨도록 하거든. 하지만 네 발소리는 마치 음악처럼 나를 굴 밖으로 불러낼 거야. 그리고 저길 봐! 저기 밀밭이 보이지? 나는 빵을 먹지 않아. 그러니 밀은 나한테 아무 필요가 없지. 밀밭은 내게 아무것도 연상시키지 않아. 그리고 그건 슬픈 일이야! 하지만 너는 황금색 머리카락을 가지고 있잖아. 그러니 네가 나를 길들이게 되면 정말 멋질 거야! 나는 황금색의 밀을 보고 너를 떠올리겠지. 또 밀밭에 부는 바람 소리를 사랑하게 될 거고……."

여우는 말을 멈추고는 어린 왕자를 한참 물끄러미 바라보았다.

"제발…… 나를 길들여줘!"

여우가 말했다.

"나도 그러고 싶어."

어린 왕자가 대답했다.

"하지만 그럴 시간이 많지 않아. 친구를 찾아야 하고 배울 것도 너무 많아."

"우리는 우리가 길들인 것 외에는 아무것도 알지 못해."

여우가 말했다.

"사람들은 뭔가를 배울 시간이 더 이상 없지. 그들은 가게에서 이미 다 만들어진 물건들을 사거든. 하지만 친구를 살 수 있는 가게는 없기 때문에 사람들에게는 더 이상 친구가 없어. 네가 친구를 원한다면 나를 길들여줘!"

"내가 뭘 어떻게 해야 하는데?"

어린 왕자가 말했다.

"굉장한 인내심이 있어야 해."

여우가 대답했다.

"일단 내 옆에 약간 떨어져서 앉아야 해. 저쪽 풀밭에 말이야. 나는 곁눈질로 너를 지켜볼 거고, 너는 아무 말도 하지 않을 거야. 말은 오해의 근원이거든. 하지만 하루하루 지나면서 너는 좀 더 가까이 앉게 될 거야……."

다음 날 어린 왕자는 다시 거기로 갔다.

"네가 같은 시간에 돌아왔다면 더 좋았을 텐데."

여우가 말했다.

"예를 들어 만약 네가 오후 네 시에 온다면, 나는 세 시부터 행복해지기 시작하겠지. 네 시가 가까워질수록 나는 더욱 행복해질 거야. 네 시가 되면 이미 몹시 흥분해서 안절부절못하겠지. 나는 행복이 얼마나 값진 것인지 알게 될 거야! 하지만 네가 아무 때고

"이제 비밀을 알려줄게. 아주 간단한 거야. 마음으로 보아야만 잘 볼 수 있어. 중요한 것은 눈에 보이지 않아."

"중요한 것은 눈에 보이지 않아."

어린 왕자는 기억해두려고 여우의 말을 되뇌었다.

"네 장미꽃이 그토록 소중한 건 네가 그 장미꽃을 위해 시간을 쏟았기 때문이야."

"내 장미꽃을 위해 시간을 쏟았기 때문이야……."

어린 왕자는 기억해두려고 여우의 말을 되뇌었다.

"사람들은 이 진실을 잊어버렸지."

여우는 말했다.

"하지만 너는 절대 잊으면 안 돼. 너는 네가 길들인 것에 대해 영원히 책임이 있는 거야. 너는 네 장미꽃을 책임져야 해……."

"나는 내 장미꽃을 책임져야 해……."

어린 왕자는 기억해두려고 여우의 말을 되뇌었다.

22

"안녕."

어린 왕자가 말했다.

"안녕."

철도의 전철원이 말했다.

"여기서 뭘 하고 있어?"

어린 왕자가 말했다.

"나는 천 명 단위로 승객들을 분류하고 있단다."

전철원이 말했다.

"이 승객들을 실은 기차를 어떨 때는 오른쪽으로, 어떨 때는 왼쪽으로 보내고 있어."

그때 불을 환하게 밝힌 급행열차가 천둥과도 같은 소리를 내며 전철원의 통제실을 뒤흔들었다.

"저 사람들은 정말 바쁜가 보네."

어린 왕자가 말했다.

"저 사람들은 뭘 찾고 있는 거지?"

"그건 기관차를 운전하는 기관사도 모르지."

전철원이 말했다.

이어서, 불을 환하게 밝힌 두 번째 급행열차가 우렁찬 소리를 내며 반대 방향으로 지나갔다.

"그 사람들이 벌써 돌아오는 건가?"

어린 왕자가 물었다.

"같은 사람들이 아니란다."

전철원이 말했다.

"서로 반대쪽으로 가는 거야."

"저 사람들은 자신이 있던 곳이 마음에 들지 않았나 봐?"

"아무도 자기가 있는 곳을 마음에 들어 하지 않는단다."

전철원이 말했다.

그리고 불을 환하게 밝힌 세 번째 급행열차가 우렁찬 소리를 내면서 지나갔다.

"저 사람들은 첫 번째 여행자들을 뒤쫓고 있는 건가?"

어린 왕자가 물었다.

"저 사람들은 아무것도 뒤쫓지 않아."

전철원이 말했다.

"저 사람들은 저 안에서 잠을 자거나 하품을 하고 있지. 아이들만 창문에 코를 바짝 대고 있을 뿐이란다."

"아이들만이 자신들이 무엇을 찾고 있는지 아는 거야."

어린 왕자가 말했다.

"아이들은 헝겊 인형을 갖고 노는 데 시간을 보내지. 그리고 그 인형은 아주 소중해지는 거야. 만약 누가 인형을 빼앗아 가면 아이들은 울음을 터뜨려……."

"아이들은 운이 좋구나."

전철원이 말했다.

23

"안녕."

어린 왕자가 말했다.

"안녕."

판매원이 말했다. 이 사람은 갈증을 없애주는 신제품 약의 판매원이었다. 일주일에 한 알씩 삼키면 더 이상 마시고 싶은 생각이 들지 않게 된다는 것이다.

"왜 이런 약을 파는 거야?"

어린 왕자가 말했다.

"시간을 굉장히 절약해주거든."

판매원이 말했다.

“전문가들은 이 약으로 일주일에 오십삼 분을 절약할 수 있다는 계산을 해냈지.”

“그러면 그 오십삼 분으로 뭘 하는데?”

“원하는 거라면 뭐든…….”

‘만약 오십삼 분을 마음대로 쓸 수 있게 된다면 나는 샘을 향해 아주 천천히 걸어갈 텐데…….’

어린 왕자는 생각했다.

24

내 비행기가 사막에서 고장을 일으킨 지 팔 일째 되는 날이었다. 나는 비축해둔 물의 마지막 한 방울을 마시면서 판매원 이야기를 듣고 있었다.

나는 어린 왕자에게 말했다.

"아! 네 이야기는 정말 재밌구나. 하지만 나는 아직 비행기를 고치지 못했어. 마실 물도 바닥나고. 나 역시 샘을 향해 아주 천천히 걸어갈 수 있으면 좋겠구나!"

"내 친구 여우가……"

그가 내게 말했다.

"얘야, 더 이상 그 여우 이야기를 할 때가 아니야!"

"왜?"

"왜냐하면 우리는 목이 말라 죽게 될 거니까……."

어린 왕자는 내 말을 알아듣지 못하고 내게 이렇게 대답했다.

"설령 죽게 된다 해도 친구가 있었다는 건 좋은 일이야. 나 역시 여우 친구가 있었다는 게 아주 기쁜걸……."

'이 아이는 우리가 얼마나 위험한지 깨닫지 못하고 있어.'

나는 속으로 생각했다.

'전혀 배가 고프거나 목이 마르지도 않나 봐. 약간의 햇빛만 있으면 충분한 것 같아……'

하지만 어린 왕자는 나를 쳐다보더니 내 속마음을 알아차렸는지 이렇게 대답했다.

"나도 목이 말라…… 우물을 찾아보자……."

나는 피곤하다는 몸짓을 했다. 끝없이 넓은 사막 한가운데에서 무작정 우물을 찾아 나선다는 것은 말도 안 되는 일이었기 때문이다. 하지만 우리는 걷기 시작했다.

우리가 아무 말 없이 몇 시간을 걷는 사이에 밤이 찾아왔고, 별들이 빛나기 시작했다. 나는 갈증 때문에 약간 열이 나서 마치 꿈속에서 별들을 보고 있는 기분이었다. 어린 왕자가 한 말들이 내 기억 속에서 춤을 추고 있었다.

"너도 목이 마르니?"

내가 그에게 물었다.

하지만 그는 내 질문에 대답하지 않았다. 그저 내게 이렇게 말했을 뿐이었다.

"물은 마음에도 좋을 거야……."

나는 그가 무슨 말을 하는지 이해하지 못했지만 아무것도 묻지 않았다……. 이럴 땐 질문할 필요가 없다는 것을 나는 잘 알고 있었다.

그는 피곤해서 바닥에 주저앉았다. 나도 그의 옆에 앉았다. 그리고 침묵이 흐른 뒤에 그가 다시 입을 열었다.

"별들은 눈에 보이지 않는 꽃 한 송이 때문에 아름다운 거야……."

나는 "물론이지"라고 대답하고는 달빛 아래 주름진 모래 언덕을 말없이 바라보았다.

"사막은 아름다워……."

그가 덧붙였다.

그건 사실이었다. 나는 언제나 사막을 사랑했다. 모래언덕에 앉아 있으면 아무것도 보이지 않고, 아무것도 들리지 않는다. 하지만 무언가가 고요함 속에서 빛난다…….

"사막이 아름다운 것은 어딘가에 우물을 숨기고 있기 때문이야……."

어린 왕자가 말했다.

나는 모래가 신비롭게 빛나는 것을 갑자기 깨닫고 깜짝 놀랐다.

어렸을 때 나는 오래된 집에서 살았는데, 그 집 어딘가에 보물이 묻혀 있다는 전설이 전해왔다. 물론 보물을 찾은 사람은 아무도 없었고, 아마 찾아본 사람도 없었을 것이다. 하지만 그 전설은 집 전체에 마법을 걸었다. 우리 집은 가슴속 깊이 비밀을 숨기고 있었다…….

"맞아."

나는 어린 왕자에게 말했다.

"집이든 별이든 사막이든, 그걸 아름답게 만드는 건 눈에 보이지 않는 법이지!"

그가 말했다.

"난 기뻐. 아저씨가 내 여우랑 똑같은 생각을 해서."

어린 왕자가 잠이 들었기 때문에 나는 그를 안고 다시 걷기 시작했다. 감동이 밀려왔다. 마치 깨지기 쉬운 보물을 안고 가는 기분이었다. 실제로 이 세상에서 그보다 더 깨지기 쉬운 것은 없는 것처럼 보였다. 나는 달빛에 비친 그의 창백한 이마, 감은 눈, 바람에 흔들리는 머리카락들을 바라보면서 이렇게 생각했다.

'내가 여기서 보고 있는 것은 껍질일 뿐이야. 가장 중요한 것은 보이지 않는 법이거든…….'

그의 입술이 반쯤 벌어지면서 살짝 웃음을 띠자 나는 다시 생각했다.

'이 잠든 어린 왕자가 나에게 그토록 깊은 감동을 주는 건 꽃에 대한 그의 변함없는 사랑 때문이야. 램프의 불꽃처럼 그의 안에서

빛나고 있는 한 송이 장미꽃의 이미지 때문이야. 심지어 잠을 자고 있을 때에도…….'

그리고 나는 어린 왕자가 훨씬 더 깨지기 쉬운 존재라는 것을 깨달았다. 등불은 잘 보호해야 한다. 거센 바람이 불면 꺼질 수도 있으니까…….

그리고 그렇게 걷던 나는 동틀 무렵에 우물을 발견했다.

25

어린 왕자는 말했다.

"사람들은 급행열차에 올라타지만, 더 이상 자신들이 무엇을 찾고 있는지 몰라. 그래서 흥분해서는 빙빙 돌기만 하는 거야……."

그는 다시 이렇게 덧붙였다.

"그럴 가치도 없는데 말이야……."

우리가 찾은 우물은 사하라 사막의 우물들과는 달랐다. 사하라 사막에 있는 우물은 그저 모래에 구덩이를 파놓은 것에 지나지 않는다. 우리가 찾은 것은 마을에 있는 우물처럼 보였다. 하지만 거기에는 마을이라곤 없어서 나는 내가 꿈을 꾸고 있다고 생각했다.

"이상하다."

그는 웃더니 밧줄을 잡고 도르래를 움직였다.

나는 어린 왕자에게 말했다.

"모든 게 다 갖춰져 있어. 도르래, 양동이, 밧줄……."

그는 웃더니 밧줄을 잡고 도르래를 움직였다. 도르래는 바람이 오래 잠들었을 때 낡은 풍차가 삐걱거리듯 삐걱거리는 소리를 냈다.

"저 소리 들려?"

어린 왕자가 말했다.

"우리가 이 우물을 깨워서 우물이 노래를 부르는 거야……."

나는 어린 왕자를 힘들게 하고 싶지 않았다. 나는 그에게 말했다.

"내가 할게. 너한테는 너무 무거워."

나는 양동이를 우물의 가장자리로 천천히 끌어올렸다. 그런 다음 양동이를 아주 똑바르게 놓았다. 내 귀에 도르래의 노래가 줄곧 울려 퍼졌고, 아직 출렁이는 물속에 햇빛이 일렁이는 것이 보였다.

"그 물을 마시고 싶어."

어린 왕자가 말했다.

"좀 마시게 해줘……."

그리고 나는 어린 왕자가 무엇을 찾고 있는지 깨달았다!

나는 양동이를 들어 그의 입술에 가져다 댔다. 그는 눈을 감고 물을 마셨다. 물은 마치 축제처럼 달콤했다. 그 물은 보통 물과는 아주 달랐다. 별빛 아래를 걸어서 도르래의 노래를 들으며, 내 두 팔로 힘들여 직접 길어 올린 물이었다. 그 물은 마치 선물처럼 마음에 좋았다. 내가 어릴 적에도 이와 마찬가지로 크리스마스트리의 불빛과 자정 미사의 음악 소리, 부드러운 미소는 내가 받은 크리스마스 선물을 더욱 환하게 빛나도록 만들어주었다.

"아저씨가 사는 곳의 사람들은."

어린 왕자가 말했다.

"정원 하나에 오천 송이의 장미꽃을 가꾸지…… 자신들이 원하는 것을 거기서 찾지는 못해……."

"찾지 못하지……."

나는 대답했다.

"하지만 그 사람들이 찾는 것은, 단 한 송이의 장미꽃이나 물 한 모금에서도 발견할 수 있는데 말이야……."

"물론이지."

나는 대답했다.

그리고 어린 왕자는 이렇게 덧붙였다.

"하지만 눈으로는 보이지 않아. 마음으로 찾아야만 하거든."

나는 물을 마셨다. 숨을 편히 쉴 수 있었다. 동틀 녘의 모래는 꿀 빛깔을 띠었다. 그 꿀 빛깔에도 행복한 기분이 들었다. 그런데도 왜 난 괴로워했을까?……

"아저씨는 약속을 지켜야 해."

어린 왕자가 다시금 내 옆에 앉으면서 조용히 말했다.

"무슨 약속?"

"있잖아…… 내 양에게 씌워줄 굴레 말이야…… 나는 그 꽃을 책임져야 하거든!"

나는 주머니에서 대강 그려둔 그림들을 꺼냈다. 어린 왕자는 그 그림들을 바라보더니 웃으면서 이렇게 말했다.

"아저씨가 그린 바오밥나무는 좀 양배추처럼 생겼어……."

"이런!"

나는 바오밥나무 그림에 그토록 자신이 있었는데 말이다!

"아저씨가 그린 여우 말이야…… 귀가…… 뿔같이 생겼어…… 게다가 너무 길어!"

그는 다시금 웃었다.

"너무하는구나, 얘야. 나는 보아 구렁이의 속이 보이거나 보이지 않는 그림 말고는 그릴 줄 모른다니까."

"아, 괜찮아."

그가 말했다.

"아이들은 알아볼 거야."

그래서 나는 연필로 굴레를 그렸다. 그리고 미어지는 마음으로 나는 그 그림을 어린 왕자에게 건네주었다.

"너는 내가 모르는 계획을 세운 모양이구나……."

하지만 그는 내게 대답하지 않았다. 그는 이렇게 말했다.

"있잖아, 내가 지구에 온 지…… 내일이면 일 년이 돼……."

그러고는 잠자코 입을 다물고 있더니 다시 말을 이었다.

"나는 여기서 아주 가까운 곳에 착륙했어……."

그리고 그는 얼굴을 붉혔다.

나는 다시금 왠지 모를 이상한 슬픔을 느꼈다. 그런데 한 가지 의문이 떠올랐다.

"그렇다면 내가 너를 만났던 팔 일 전 아침에 네가 사람이 사는 데서 수천 마일이나 떨어진 곳을 혼자 걷고 있었던 것도 우연이 아니구나! 네가 지구에 떨어진 지점으로 돌아가고 있었던 거니?"

어린 왕자는 다시 얼굴을 붉혔다.

그리고 나는 주저하며 이렇게 덧붙였다.

"아마도 일 년이…… 되었기 때문에?……"

어린 왕자는 다시금 얼굴을 붉혔다. 그는 질문에 한 번도 답하지 않았다. 하지만 얼굴을 붉히면 '예'라는 뜻이 아니던가?

"아! 나는 두려워……."

나는 그에게 말했다.

그러나 그는 내게 이렇게 대답했다.

"아저씨는 이제 일을 해야 해. 아저씨 비행기로 돌아가야 한다고. 나는 여기서 기다리고 있을게. 내일 저녁에 다시 와……."

하지만 나는 안심할 수 없었다. 여우가 생각났다. 일단 길들여지게 되면 조금은 눈물을 흘릴 위험을 무릅써야 하는 것이다…….

26

우물 옆에는 허물어진 오래된 돌담이 있었다. 다음 날 저녁에 일을 마치고 돌아오는데, 멀리서 내 어린 왕자가 돌담 위에 앉아 다리를 늘어뜨리고 있는 모습을 보았다. 그리고 그의 말소리가 들려왔다.

"기억 안 난단 말이니?"

그는 말하고 있었다.

"여긴 정확히 그 장소가 아니야!"

또 다른 목소리가 이어서 어린 왕자에게 대답했음이 분명한데, 그가 이렇게 대답했기 때문이다.

"그래, 그래! 날짜는 맞는데, 장소는 여기가 아니야……."

나는 계속 돌담 쪽으로 걸어갔다. 아직 아무것도 보이지도 들리지도 않았지만, 어린 왕자는 다시 대답했다.

"……물론이지. 넌 모래 위에 남긴 내 발자국이 어디서 시작되는지 볼 수 있을 거야. 거기서 나를 기다려. 오늘 밤 그리로 갈게."

나는 돌담에서 이십 미터도 채 떨어지지 않은 곳에 있었지만 여전히 아무것도 보이지 않았다.

잠시 침묵한 뒤 어린 왕자가 다시 말했다.

"네 독은 괜찮은 거니? 나를 오래 고통스럽게 하지 않을 거라고 장담해?"

나는 가슴이 죄어들어서 우뚝 걸음을 멈추었다. 도무지 무슨 말을 하는 건지 여전히 알 수가 없었다.

"그만 가봐……"

어린 왕자가 말했다.

"여기서 내려가고 싶다고!"

그제야 돌담 밑을 내려다본 나는 깜짝 놀랐다! 거기에는 삼십 초 안에 사람을 죽일 수 있는 노란 뱀 한 마리가 어린 왕자를 향해 몸을 세우고 있는 게 아닌가. 나는 권총을 꺼내려고 주머니를 뒤지면서 뛰기 시작했다. 그러나 내 기척을 들은 뱀은 잦아든 분수의 물줄기처럼 모래 위를 흐르듯 기어가, 그다지 서두르는 기색도 없이 희미한 쇳소리를 내면서 돌들 사이로 미끄러져 사라지고 말았다.

바로 그때 나는 돌담 쪽으로 뛰어가 눈처럼 하얗게 질린 어린 왕자를 팔에 간신히 받아 안을 수 있었다.

"도대체 무슨 일이지! 이제는 뱀하고 이야기를 하는구나!"

나는 그가 항상 두르고 있는 금빛 목도리를 느슨하게 풀어주었다. 그리고 관자놀이에 물을 적셔주고 물을 마시게 해주었다. 이제는 그에게 뭔가 물어볼 용기가 전혀 나지 않았다. 그는 심각한 표정으로 나를 물끄러미 바라보더니 내 목을 두 팔로 감싸 안았다. 나는 그의 심장이 마치 소총을 맞고 죽어가는 새의 심장처럼 발딱거리는 것을 느꼈다. 그는 내게 이렇게 말했다.

"아저씨가 고장 난 기계를 고치게 돼서 기뻐. 이제 다시 집으로 돌아갈 수 있을 거야……."

"그걸 어떻게 알았어?"

나는 절망적인 상황에서도 마침내 수리하는 데 성공했다는 소식을 그에게 전하려고 막 달려오던 참이 아니었던가!

그는 내 질문에 아무 대답도 하지 않았다. 다만 이렇게 덧붙였다.

"나도 오늘 내 집으로 돌아갈 거야……."

그러고는 쓸쓸한 목소리로 이렇게 말했다.

"그건 훨씬 더 멀고…… 훨씬 더 어려워."

나는 무언가 심상치 않은 일이 일어나고 있음을 깨달았다. 나는 자그마한 아기처럼 그를 내 품 안에 꼭 안고 있었지만, 그는 오히려 깊은 심연 속으로 곧장 떨어지고 있는 것처럼 보였다. 그를 붙잡기 위해 내가 할 수 있는 일은 아무것도 없었다.

"그만 가봐…… 여기서 내려가고 싶다고!"

그는 아주 먼 곳을 헤매는 심각한 시선을 하고 있었다.

"나한텐 아저씨가 그려준 양이 있어. 그리고 그 양을 넣을 상자도 있지. 게다가 굴레도……."

그리고 그는 쓸쓸히 웃었다.

나는 한참을 기다렸다. 그의 몸이 조금씩 따뜻해짐을 느꼈다.

"얘야, 너 무서웠지……."

그는 당연히 무서웠을 것이다! 하지만 그는 살짝 웃었다.

"나는 오늘 저녁에 훨씬 더 무서울 거야……."

다시금 나는 무언가 돌이킬 수 없는 일이 일어난다는 생각에 온몸이 오싹해졌다. 그리고 다시는 그 웃음소리를 들을 수 없다고 생각하자 견딜 수가 없었다. 나에게 그의 웃음소리는 사막의 샘과도 같았다.

"얘야, 나는 네 웃음소리를 다시 듣고 싶단다……."

하지만 그는 나에게 말했다.

"오늘 밤, 꼭 일 년째가 되거든. 내 별이 작년에 내가 떨어졌던 곳 바로 위로 오게 될 거야……."

"너, 나쁜 꿈을 꾼 거지, 그렇지 않니? 뱀과 얘기한 거랑 만날 장소라든지 그리고 별, 모두 다 말이야……."

하지만 그는 내가 묻는 말에 대답하지 않고 내게 이렇게 말했다.

"중요한 것은 눈에 보이지 않는 법이야……."

"그건 그래……."

"꽃도 마찬가지야. 어떤 별에 살고 있는 꽃 한 송이를 사랑한다면, 밤에 하늘을 올려다보는 것이 감미로울 거야. 모든 별에 꽃이 피어 있는 것처럼 보일 테니까."

"그럴 테지……."

"물도 마찬가지야. 아저씨가 나에게 마시라고 준 물은 도르래와 밧줄이 만들어내는 음악과도 같았어…… 아저씨도 기억하지…… 아주 맛있었잖아."

"그래……."

"밤에 아저씨는 별들을 올려다보게 될 거야. 내가 사는 별은 너무 작아서 아저씨에게 그 별이 어디 있는지 보여줄 수가 없어. 오히려 그 편이 더 나아. 내 별은 아저씨에게 많은 별들 중 하나가 될 거야. 그러니까 아저씨는 모든 별들을 바라보는 걸 좋아하게 될 거야…… 별들이 모두 아저씨의 친구가 되는 거지……. 그리고 아저씨에게 선물 하나를 주려고 해."

그가 다시 웃었다.

"아! 얘야, 나는 정말 그 웃음소리가 좋아!"

"이게 바로 내 선물이야…… 물도 마찬가지지……."

"그게 무슨 뜻이니?"

"사람들은 별들을 보지만 다 같은 별들은 아니야. 여행자들에게 별들은 길잡이가 되지. 어떤 사람들에게는 자그마한 불빛 이외에는 아무 의미도 없어. 학자들에게 별들은 풀어야 할 문제들이지. 내가 아는 사업가는 별들을 금으로 생각해. 하지만 저 모든 별들은 침묵할 뿐이야. 아저씨는 아무도 갖지 못한 별을 갖게 될 거야……."

"그게 무슨 말이야?"

"아저씨가 밤에 하늘을 올려다볼 때면, 내가 그 별들 중 하나에 살고 있기 때문에, 내가 그 별들 중 하나에서 웃고 있을 것이기 때문에, 아저씨에게는 모든 별들이 웃고 있는 것처럼 보이게 될 거야. 아저씨는 웃을 줄 아는 별들을 갖게 되는 거지!"

그리고 그는 또다시 웃었다.

"그리고 아저씨 마음이 위안을 받게 되면(우리는 항상 위안을 받게 되어 있어), 아저씨는 나를 알게 된 걸 기쁘게 생각할 거야. 아저씨는 언제까지나 내 친구이니까. 나와 함께 웃고 싶어질 거야. 그리고 가끔씩 그냥 재미로 창문을 열게 되겠지…… 그리고 아저씨의 친구들은 아저씨가 하늘을 올려다보면서 웃는 모습을 보고 아주 놀랄 거야. 그러면 아저씨는 친구들에게 '맞아, 별들 때문이야. 별들만 보면 항상 웃음이 난다니까!'라고 말하게 되겠지. 친구들은 아저씨가 미쳤다고 생각할 거야. 내가 아저씨에게 짓궂은 장난을 친 셈이 되겠지……."

그리고 그는 또다시 웃었다.

"마치 내가 아저씨에게 별들이 아니라 웃을 줄 아는 수많은 작은 방울들을 준 것이나 마찬가지야……."

그리고 그는 또다시 웃었다. 그러더니 다시금 심각해졌다.

"오늘 밤에는…… 있잖아…… 오지 마."

"나는 네 곁을 떠나지 않을 거야."

"마치 내가 아픈 것처럼 보일 거야…… 내가 죽어가고 있는 것처럼 보일 수도 있고. 그렇게 보일 거야. 그러니까 그런 모습을 보러올 필요는 없어……."

"나는 네 곁을 떠나지 않을 거야."

하지만 어린 왕자는 걱정스러운 기색이었다.

"내가 이런 말을 하는 건…… 그 뱀 때문이기도 해. 뱀이 아저씨를 물면 안 되잖아…… 뱀들은 고약하거든. 그냥 재미로 물기도 한다고……."

"나는 네 곁을 떠나지 않을 거야."

하지만 무언가 그를 안심시킨 듯했다.

"그래, 뱀에겐 두 번씩 물 만한 독은 없겠지……."

그날 밤 나는 어린 왕자가 길을 떠나는 모습을 보지 못했다. 그는 소리도 내지 않고 사라져버렸다. 내가 가까스로 그를 따라잡았을 때, 그는 단호한 몸짓으로 빠르게 걷고 있었다. 그는 내게 이렇게 말했을 뿐이었다.

"아, 아저씨도 왔네……."

그러고는 내 손을 잡았다. 하지만 그는 아직도 몹시 걱정하는 눈치였다.

"아저씨가 온 건 잘못이야. 아저씨는 고통을 받을 거야. 내가 꼭 죽은 것처럼 보이겠지. 하지만 정말로 죽는 건 아닌데……."

나는 아무 말도 하지 않았다.

"아저씨도 알지. 내 별은 너무 멀어. 이 몸을 함께 가져갈 수 없어. 너무 무겁거든."

나는 아무 말도 하지 않았다.

"하지만 내 몸은 버려진 낡은 껍질처럼 될 거야. 낡은 껍질이니 슬픈 건 아니야……."

나는 아무 말도 하지 않았다.

어린 왕자는 조금 풀이 죽은 듯했지만 다시 기운을 냈다.

"그건 아주 멋질 거야. 아저씨도 알지. 나도 별들을 바라볼 거야. 모든 별들은 녹슨 도르래가 있는 우물이 되겠지. 모든 별들이 나에게 마실 물을 부어줄 거야……."

나는 아무 말도 하지 않았다.

"그리고 그건 아주 재미있을 거야! 아저씨는 오억 개의 작은 방울을 갖게 되고, 나는 오억 개의 샘을 갖게 될 테니……."

그러고는 그 역시 아무 말도 하지 않았다. 왜냐하면 울고 있었기 때문이다…….

"다 왔어. 나 혼자 가게 해줘."

그리고 어린 왕자는 겁이 나서 바닥에 주저앉았다. 그는 다시 말했다.

"아저씨도 알지…… 내 꽃 말이야…… 나는 그 꽃을 책임져야 하거든! 그 꽃은 너무나 연약해! 게다가 너무나 순진하지. 이 세상에 맞서 자기를 지키기 위해 보잘것없는 가시 네 개를 가졌을 뿐이라고……."

나도 더 이상 서 있을 수가 없어서 주저앉았다. 그가 말했다.

"자…… 이게 다야……."

그는 또 잠깐 주저하더니 다시 일어섰다. 그리고 한 발짝 내디뎠다. 나는 꼼짝할 수가 없었다.

그의 발목 근처에서 노란색이 반짝거렸을 뿐이었다. 그는 잠시 동안 움직이지 않고 가만히 서 있었다. 소리를 지르지도 않았다. 그는 마치 나무가 쓰러지듯이 서서히 쓰러졌다. 모래밭이어서 아무런 소리도 나지 않았다.

그리고 어린 왕자는 겁이 나서 바닥에 주저앉았다.

27

그 일이 있은 지 이제 벌써 육 년이 지났다……. 나는 이 이야기를 아직 한 번도 해본 적이 없다. 나를 다시 만난 친구들은 내가 살아 돌아온 것을 몹시 기뻐했다. 나는 슬픔에 잠겨 있었지만 친구들에게 이렇게 말했다. "좀 피곤해서 그래……."

지금은 어느 정도 슬픔이 가라앉았다. 그 말은…… 완전히 가라앉은 건 아니라는 뜻이다. 하지만 나는 그가 자기 별로 돌아갔다는 것을 잘 안다. 왜냐하면 동틀 녘에 그의 몸을 찾지 못했기 때문이다. 그의 몸은 그다지 무겁지 않았던 모양이다……. 밤이 되면 나는 별이 내는 소리에 귀를 기울이는 걸 좋아한다. 마치 오억 개의 작은 방울들 같다…….

그런데 아주 기이한 일이 벌어지고 있다. 나는 어린 왕자를 위해 굴레를 그려주었는데, 거기에 가죽끈을 달아주는 것을 잊어버린 것이다! 어린 왕자는 그 굴레를 양에게 씌울 수 없을 것이다. 그래서 나는 이렇게 자문해본다.

'그의 별에 무슨 일이 일어났을까? 어쩌면 양이 꽃을 먹어버렸을지도 몰라…….'

때로는 이렇게 생각하기도 한다.

'그럴 리가 없어! 어린 왕자는 밤마다 꽃에 둥근 유리 덮개를 씌워주고, 양을 잘 감시하고 있을 거야…….'

이런 생각이 들 때면 나는 행복하다. 그리고 모든 별들도 부드럽게 웃는다.

때로는 이렇게 생각하기도 한다.

'사람이란 이따금 한눈을 팔게 마련인데, 그럼 모든 게 끝장이야! 어느 날 저녁 그가 둥근 유리 덮개를 씌우는 것을 잊어버리거나, 양이 밤중에 아무 소리도 없이 빠져나갈 수도 있지…….'

그럴 때면 방울들이 모두 눈물로 바뀌어버리는 것이다!……

이것은 정말 커다란 수수께끼다. 역시 어린 왕자를 사랑하는 여러분에게나 내게나 우리가 모르는 어딘가에서 우리가 알지 못하는 양이 장미꽃을 먹었는지 아니면 먹지 않았는지에 따라 우주의 모든 것이 달라져버리니까…….

그는 마치 나무가 쓰러지듯이 서서히 쓰러졌다.

하늘을 올려다보라. 그리고 스스로에게 물어보라.

'양이 그 꽃을 먹었을까, 먹지 않았을까?'

그러면 모든 것이 얼마나 바뀌는지 알게 될 것이다…….

그리고 어떤 어른도 왜 그런 것이 그토록 중요한지 결코 이해하지 못할 것이다!

이것은 나에겐 세상에서 가장 아름답고도 슬픈 풍경이다. 이것은 앞 쪽에 나온 것과 같은 풍경이지만 여러분에게 보다 잘 보여주기 위해 다시 한 번 그렸다. 어린 왕자가 지상에 나타났다가 사라진 곳이 바로 이곳이다.

이 풍경을 주의 깊게 봐두자. 언젠가 여러분이 아프리카의 사막을 여행하게 되면 이 풍경을 확실히 알아볼 수 있도록. 그리고 만약 여러분이 이곳을 지나가게 된다면, 제발 서둘러 지나가지 말았으면 한다. 그 별 바로 아래에서 조금 기다려주기를! 그때 만약 한 아이가 여러분에게 다가온다면, 그 아이가 웃는다면, 그 아이가 황금색 머리카락을 갖고 있다면, 여러분이 질문해도 대답하지 않는다면, 그 아이가 누군지 바로 알아맞힐 수 있을 것이다. 만약 그런 일이 일어나면 내게 친절을 베풀어주길! 이토록 슬퍼하게 내버려두지 말고 곧바로 편지를 보내주기를. 그가 돌아왔다고…….

옮긴이의 글

지금처럼 유럽의 화폐가 유로화로 통합되기 이전인 90년대 대학 시절, 유럽 배낭여행을 떠날 때 각 나라별로 예산과 일정을 꼼꼼하게 짠 다음 그에 맞춰 각국의 화폐를 환전하기란 보통 일이 아니었다. 당연히 여행 전대에는 크기도, 가치도, 색상도 다양한 각국의 지폐가 빼곡히 들어서기 마련이었는데, 당시 가장 인기 있었던 지폐가 바로 '어린 왕자'가 그려진 프랑스의 오십 프랑이었다. 앞면에는 코끼리를 삼킨 보아 구렁이가, 뒷면에는 비행기와 함께 금발 머리의 어린 왕자가 그려진 푸르스름한 그 지폐는 낭만의 나라 프랑스에 대한 기대를 한껏 부풀어 오르게 한 것은 물론, 여행을 다녀오고 나서도 그 지폐 한 장을 책갈피에 고이 간직하던 친구까지 있을 정도였다.

그렇다면 유명한 작가와 화가를 수없이 배출한 프랑스의 화폐에 이렇게 당당히 등장할 수 있었던《어린 왕자》의 매력은 무엇일까? 어렵거나 복잡한 문장이 없고 분량도 그다지 많지 않은 데다 작가가 직접 정성껏 그린 삽화까지 들어 있어 언뜻 동화책처럼 보이는 이 책은 사실 어린이들보다는 어른들에게 더욱 많은 메시지를 던져준다. 아무리 책을 즐겨 읽지 않았더라도《어린 왕자》에 나오는 구절 하나둘쯤 접해보지 않은 사람은 없으리라. 나 또한 어린 시절에는 보아 구렁이의 그림을 보면서 신기해했고, 좀 커서는 여우가 말하는 '길들이기'가 무슨 뜻일까 고개를 갸우뚱거리기도 했다. 어른이 되어 다시 읽어보는《어린 왕자》는 역시 다르게 다가온다. 게다가 생텍쥐페리가 제2차 세계대전 중에 이 소설을 집필했다는 배경을 알고 나면 또다시 새로운 메시지가 보이기 마련이다. 전시戰時도 아니고 유럽도 아닌 21세기의 한국을 살아가는 나에게도 뭉클하게 다가오는 감동과 곰곰이 생각해볼 거리를 준다는 것이 남녀노소, 동서고금을 초월한 진정한 고전의 힘이 아닐까?

《어린 왕자》처럼 어린이용, 성인용으로 이미 수차례 번역되었던 텍스트를 번역한다는 것은 여러모로 부담이 되는 일이었다. 하지만 오랫동안 잊고 있었던《어린 왕자》를 문장 하나하나 허투루 넘기지 않고 꼼꼼하게 다시 만날 수 있었던 것만으로도 보람되고 흥미로운 작업이기도 했다. 무엇보다도 부족한 원고를 정성껏 가다듬어주신 편집팀께 감사드린다.

앙투안 드 생텍쥐페리 연보

1900년 6월 29일 프랑스 리옹Lyon에서 보험회사 감독관이었던 아버지 장Jean과 어머니 마리Marie 사이에서 셋째로 태어남. 누나 마리 마들렌Marie-Madeleine과 시몬Simone이 있었음. 아버지 사망 전까지 앵Ain 지방의 생 모리스 드 레망 성成과 바르Var 지방의 라 몰 성에서 어린 시절을 보냄.

1904년 7월에 아버지가 뇌출혈로 사망함.

1909년 집안이 르망Le Mans에 정착함. 10월 7일 르망의 콜레주 노트르담 드 생트 크루아에 입학함.

1912년 조종사 가브리엘 살베즈Gabriel Salvez와 함께 앙베리외Ambérieu 비행장에서 처음으로 비행기를 타봄.

1915년 스위스의 프리부르Fribourg로 가서 마리아회會 수도자들이 경영하는 콜레주 드 라 빌라 생 장에 입학함.

1917년 7월에 남동생 프랑수아François가 류머티즘으로 사망함. 바칼로레아baccalauréat 준비를 위해 파리 뤽상부르 공원 근처의 사립 기숙학교인 보쉬에 학교에 입학함. 그리고 1919년까지 생 루이 고등학교에서 해군사관학교 입시를 준비하지만 그해 6월 구술 면접에서 불합격함.

1920년 파리 미술학교 건축과에서 청강생으로서 공부함.

1921년 전투 비행단 제2연대 소속으로 스트라스부르Strasbourg에서 군 복무. 로베르 아에비Robert Aéby에게 개인교습을 받은 후 조종사가 됨. 사관생도 자격으로 모로코의 카사블랑카Casablanca에 배속되어 이듬해 2월까지 체류함.

1922년 10월에 파리의 주 공항인 부르제Bourget에서 공군 2년차를 마침.

1923년 연초에 부르제에서 비행기 추락 사고로 두개골 골절상을 입음. 시인이며 소설가인 루이즈 드 빌모랭Louise de Vilmorin을 알게 되어 사랑에 빠짐. 제대 후 파리의 기와 제조 회사 사무실에 취직하여 일함. 빌모랭과 약혼했지만 얼마 후 직업을 이유로 파혼당함. 10월에 여동생 가브리엘Gabrielle이 피에르 다게Pierre d'Agay와 결혼함.

1924년 사무실을 떠나 소레르Saurer 자동차 회사 공장의 지방 담당 트럭 외판원으로 근무함.

1926년 아드리엔 모니에Adrienne Monnier 출판사가 발간하는 《은선*Le Navire d' argent*》지에 단편 〈비행사*L'Aviateur*〉를 발표함. 라테코에르Latécoère 항공사에 취업함. 처음에는 기술자로 일하나 비행기 조종을 하고 싶어서 툴루즈의 영업부장 디디에 도라Didier Daurat를 찾아감. 11월에 비행기를 수령한 이후, 작품 세계에 반영되는 핵심적인 경험을 축적함.

1927년 봄에 장 메르모즈Jean Mermoz, 앙리 기요메Henri Guillaumet 등과 함께 프랑스의 툴루즈Toulouse-세네갈의 다카르Dakar 항로 우편기를 조종함. 모로코 남부 쥐비Juby 곶의 우편 비행 중계소의 책임자로 발령됨. 해안 지역의 외따로 떨어진 사막인 이곳에서 18개월 동안 지낸 경험은 《인간의 대지*Terre des hommes*》《어린 왕자》《성채

Citadelle》에 깊은 흔적을 남김. 《남방 우편기*Courrier sud*》를 집필함.

1929년 프랑스로 돌아와 소설 《남방 우편기》를 발표함. 갈리마르 Gallimard 출판사와 전속 계약을 맺음. 브레스트Brest에서 해군 항공 고등교육을 받고 디플롬Diplôme을 획득. 9월에 남미 아르헨티나의 우편 항공사의 영업부장이 됨. 10월에는 아에로포스탈Aéropostale의 지배인으로 취임되어 부에노스아이레스Buenos Aires에서 근무함.

1930년 4월에는 쥐비에서 세운 공로를 인정받아 레지옹 도뇌르Légion d'honneur 훈장을 받음. 6월 13일 안데스 산맥을 넘다가 실종된 기요메가 6월 30일에 살아 돌아옴. 생텍쥐페리가 그를 아르헨티나의 멘도사Mendoza로 이송함. 아르헨티나를 출발하기 몇 주 전인 가을 알리앙스 프랑세즈 리셉션에서 과테말라 출신 문인 엔리케 고메즈 카리요Enrique Gómez Carrillo의 미망인 콘수엘로 순신Consuelo Suncín과 만남. 《야간 비행*Vol de nuit*》을 집필함.

1931년 아에로포스탈을 도라와 함께 사임한 후 연초에 파리로 떠남. 4월 12일 아게Agay에서 콘수엘로 순신과 정식으로 결혼함. 두 번째 작품 《야간 비행》을 출간하고 12월에 페미나상Prix Femina을 수상함.

1932년 라테코에르 사의 연습 조종사가 됨.

1934년 새로 창설된 에어프랑스에 프랑스 및 해외 선전국 담당으로 입사함. 여러 나라에 출장을 다니며 홍보 업무를 맡음.

1935년 일간지 《파리 수아르*Paris soir*》의 특파원으로 모스크바에 파견됨. 12월 29일 파리-사이공Saigon 비행 기록을 세우기 위해 시문Simoun 기를 타고 이집트로 출발함. 12월 30일 현지 시간 4시 45분, 카이로Cairo에서 200킬로미터 지점인 리비아 사막에 불시착하나 4일 동안 걷다가 베두인 유목민 대상隊商을 만나 서카이로의 피라미드 근방에 있는 메나 하우스 호텔에 며칠간 체류함. 후에 파리로 귀환함.

1936년 봄에 모로코에서 영화 〈남방 우편기〉 촬영이 있었을 때, 몇 주간 미술과 기술 자문 활동을 함. 7월에는 스페인 내전을 취재하기 위해 잡지 《랭트랑지장*L'Intransigeant*》의 특파원으로 바르셀로나Barcelona에 파견됨. 12월 7일 친구 메르모즈 사망.

1937년 2월 7일 시문 기를 타고 카사블랑카로 향했다가 3월에 파리로 귀환함. 4월에 《파리 수아르》 특파원으로 스페인 내전 취재를 위해 파견됨. 7월까지 공화주의자 측에 서서 전쟁에 참여했으며, 헤밍웨이를 비롯한 여러 문인들과도 교류함.

1938년 과테말라 시티Guatemala City 공항에서 이륙 중 추락하여 머리에 심한 부상을 입고, 3월 28일 뉴욕으로 이송되어 치료받음. 이때 오래전부터 작업하던《인간의 대지》원고를 정리해서 프랑스로 귀국함.

1939년 2월에《인간의 대지》가 출간됨. 6월에 미국에서《바람과 모래와 별들*Wind, Sand, and Stars*》이란 제목으로 번역 출간되어 '이달의 책'으로 지정되었으며, 프랑스에서는 아카데미 프랑세즈Académie française 소설 대상을 수상함. 9월 3일 독일과의 전쟁 발발로 동원령이 내려 툴루즈 비행대 소속 교육 장교로 임명됨. 12월부터 이듬해 7월까지 고공 촬영 임무를 띤 정찰대 2/33전투비행중대로 배속됨.

1940년 7월 31일 공군 전역. 8월 5일 어머니가 있는 프랑스 아게의 누이 집에 정착하고《성채》집필을 계획함. 미국 출판사에서《바람과 모래와 별들》의 홍보와 프랑스의 전쟁에 관한 책 집필을 요청해옴에 따라 미국행을 결심함. 11월 16일 기요메가 사망했다는 소식을 들음. 12월에 뉴욕에 도착하여 호텔에서 생활함.

1941년 7월에 영화감독 장 르누아르Jean Renoir의 초청으로 할리우드로 감.《인간의 대지》의 영화화를 계획함.

1942년 뉴욕으로 돌아온 뒤《어린 왕자》집필을 시작함. 2월에《전시 조종사*Pilote de guerre*》의 영어 번역판《*Flight to Arras*》를 출간함. 프랑스에서도 출간되었다가 이듬해 독일 당국에 의하여 판매가 금지됨. 롱아일랜드Long Island에서 여름을 보냄. 《어린 왕자》 집필과 삽화 그리기에 몰두함. 12월 《뉴욕타임스*New York Times*》에 '모든 곳에 있는 프랑스 사람들에게'라는 공개서한을 발표하고 2/33부대에 합류하려고 함.

1943년 《어린 왕자》 영어판·프랑스어판을 출간함. 5월 4일에 미국을 떠나 3주간의 선박 여행 후에 대서양을 건너 모로코의 우즈다Oujda에서 미국군의 지휘를 받는 자신의 편대에 합류함. 7월에 편대가 튀니스Tunis로 이동함. 7월 21일 정찰 비행 후 기지에 돌아왔을 때 착륙이 미숙하다고 판단되어 연령 초과를 이유로 미국 사령관에게 소환되고 비행 금지 처분이 내려짐. 8월에 알제Alger의 조그만 방에서 기거함. 제트 엔진을 연구함. 미완의 대작 《성채》의 수정 작업을 함. 31편대 대령의 개입으로 사르데뉴Sardaigne 주둔 부대에 배속되어 비행 훈련을 함. 단 5회만 비행한다는 조건으로 알제의 2/33비행중대 복귀가 허락됨.

1944년 《어떤 인질에게 보내는 편지*Lettre à un otage*》를 출간함. 8회의 비행 출격을 수행하고 7월에 부대가 코르시카Corsica 보르고Borgo 기지로 이동함. 7월 31일 아침 8시 30분 그르노블Grenoble–안시Annecy 지역 정찰 임무를 띠고 마지막으로 이륙함. 예정된 13시 30분에 기지로 귀환하지 않음. 바스티아Bastia 북쪽 100킬로미터 지점인 코르시카 상공에서 적기에 피격되었을 것으로 추정됨.